FLORET
READING

小花阅读

我们只写有爱的故事

青春阅读　　幸得相见

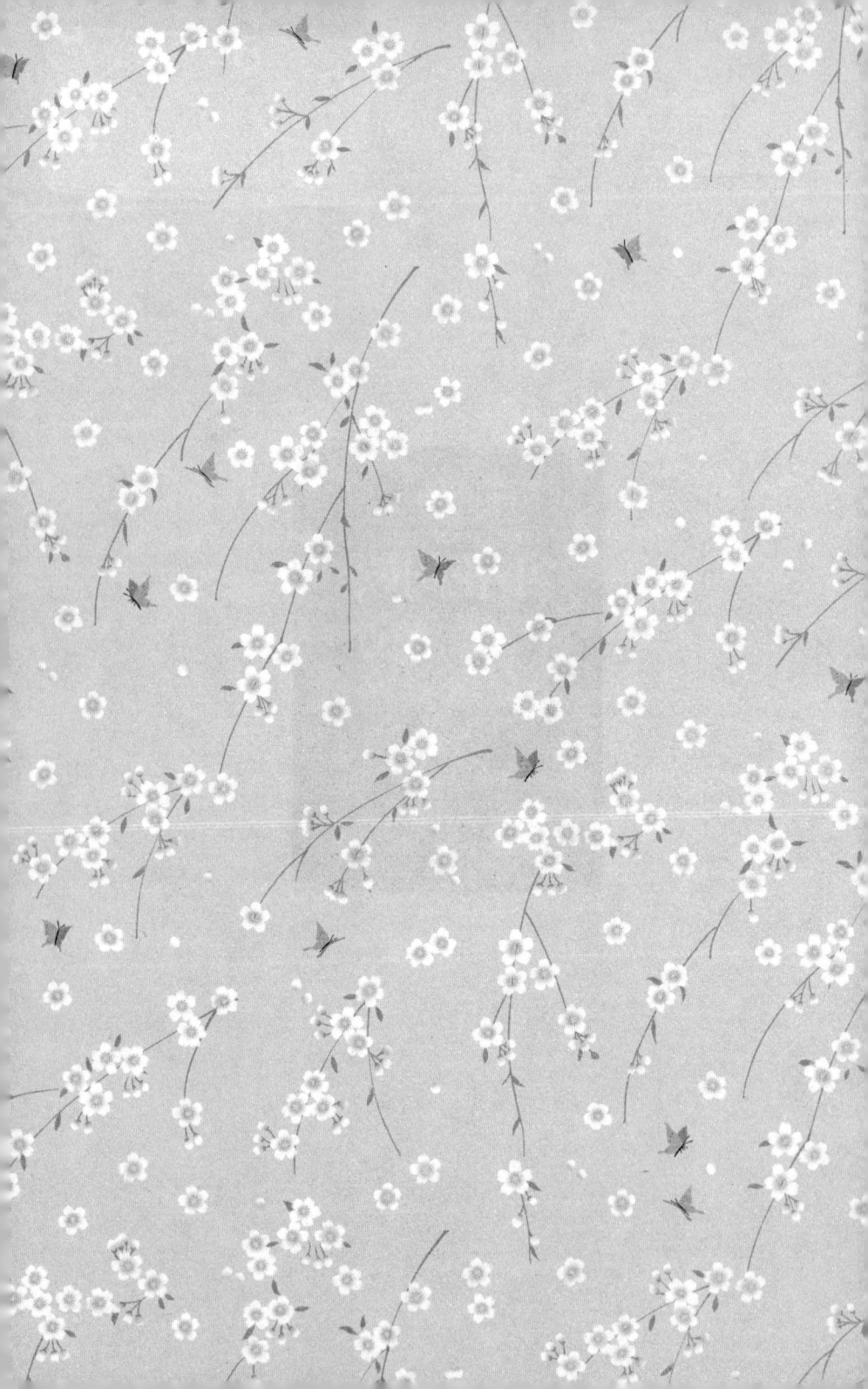

大梦长歌

FLORET

READING

糯米糍

著

贵州出版集团

贵州人民出版社

糯米糍 | 小花阅读签约作者

摸不准自己到底是怎样性格的人。

总之，随遇而安，什么样的环境都能适应，能和朋友去KTV嗨上一整夜，
也能独自在家宅上好几天。

希望未来能赚很多很多钱，然后和喜欢的人去喜欢的地方旅行。

出版作品：《归鹿》

| 作者前言 |

总觉得该在故事的开头说些什么，却又不知该从何说起。那就随便聊一聊吧。

仔细回想起来，这个故事的结尾部分是在长沙接连不断的暴雨中完成的。

我的房间有一个单独隔开的小书桌，书桌挨着窗户，于是，我会一边听着雨声一边敲着键盘，有的时候雨声会盖过背景音乐声，成为我脑海里唯一的旋律。

在这样的不算好也不算坏的环境下，我给故事里的冯卿安和许故深画上了一个句号。

我并不是一个会早早规划好全部剧情发展的人，总觉得故事中的某些选择，或许该在写的那一刻，由角色自己来做主。那一刻，角色即我，我即角色。

于是，写的过程中，我随性得很，边写边想，脑海里预计好要写的梗也经常推翻重来。也曾无数次陷入自我怀疑，甚至觉得自己根本无法驾驭这种正儿八经的类型。就这样不知不觉，终于完成了这个对我而言并不容易的故事。

写《大梦长歌》时的心境和写《归鹿》时的心境完全不同。

《归鹿》是我第一次接触古言创作，因为我向来偏爱仙侠，所以很快完成了它。而《大梦长歌》则不同，它比《归鹿》要严谨许多，作为一个更为正统的古言，写的过程中经常会有束手束脚的感觉。最重要的一点不同是，《归鹿》中的角色可以一个捏一个术法就飞去目的地，可《大梦长歌》里的角色却只能老老实实坐马车或骑马，实在有些憋屈。

而《归鹿》中的女主角孟知欢和《大梦长歌》中的女主角冯卿安也全然不同。

孟知欢是怼天怼地，强大到无人敢招惹的大魔王。而冯卿安，虽然看上去风风光光备受宠爱，实际上却是一个需要小心谨慎步步为营的燕国公主。孟知欢尚还可以靠自身强悍的术法夺得魔王之位，无须看人脸色。可无依无靠的冯卿安却只能凭借自身的勇气计谋和隐忍，还有一些外物的帮助去争取，去获得自己真正想要的。

她们在故事里都有各自不同的际遇和成长，她们都很棒。

从《归鹿》到《大梦长歌》，我挑战了新的自己。

谢谢打开这个故事的你们愿意看我絮絮叨叨，希望下一个故事中，你们会看到一个更好的我。

糯米糍

|小花阅读|
—— 梦里花落系列

FLORET
READING
▼

《云水千重》

靳山 著

标签：风云江湖 VS 朝堂权谋 | 会撩会宠会护妻 | 女丞相 VS 诈死太子

"即便你扮成个男儿，你父亲也不要你。"

"即便你帮他、护他，他也不要你，还是要娶别人。"

"恨吗？"

"你若恨，今后便不要给任何人负你的机会。"

《大梦长歌》

糯米糍 著

标签：权谋朝堂 | 被喂毒的公主 VS 处心积虑的质子 | 相互撩相互利用

好，好得很。

既然无法逃离这囚禁她的盛燕王宫，无法逃离冯执涯的掌控——

那么，她便留在这深宫之中。

她要权势滔天，要万人敬仰。

她要凭自己的力量将冯执涯狠狠踩在脚下，将许故深狠狠踩在脚下！

《烟雨斋》

晚乔 九歌 著

标签：四件古物 VS 四段催人泪下的故事 | 神秘的烟雨斋主人 | 甜虐齐飞

他说："埋。"

不是要埋什么东西，而是他认为，地下埋了那一个人。

可惜，他挖了这么多年，等了这么多年，直到当年风度翩翩的许家二少变成了众人嘲笑的痴傻老头，直到他寂寂死去，也没等回来那个人。

"我找不到她，今日我葬了她的戏服，是她最喜欢的那件，当年她连这衣裳沾上了酒都不开心，更遑论现在沾满泥土。我等她来骂我。"

DAMENG
CHANGGE

上卷

DAMENG
CHANGGE

下卷

楔子

永黎九年，早春。

蛮夷战乱，烽火连绵的祸事自北向南边王都蔓延。

虽是如此，遥远的盛燕国王都弦京却依旧一片祥和。所有人都心照不宣地无视了这起范围不小的战乱，好全心全意地为他们最为年轻的盛燕王庆生。

天下三分，盛燕、淮照、濮丘，各自为王。

而年轻的盛燕王冯执涯在十六岁那年，一举夺得了盛燕国的王位。其中关于权力更迭的种种秘闻，知晓实情的人皆缄默不言，对此讳莫如深。世人只知晓，在他继位后的九年间，经过他的铁血手腕和强力镇压，盛燕国越发强盛，成为盛燕、淮照、濮丘三国之首的存在。

随着时间的流逝，那些个秘闻便逐渐淡去，越发无人提起。

近日，各国为了以示郑重，都派出了不少人马不远万里来弦京给盛燕王冯执涯庆生，其中就包括淮照国备受宠爱的太子许栖和濮丘国最为得力的大臣等。盛燕国举国上下更是不敢有一丝一毫的懈怠，唯恐在这紧要关头被他国抓住什么把柄，看了笑话去。

盛燕国疆土辽阔地大物博，区区蛮夷在边界犯乱，在见惯了大风大浪的冯执涯眼里，委实算不得什么，只需派几个得力武将去，即可平定。

而那些各国之间的风起云涌，权力倾轧，对久居深宫的冯卿安而言，更加算不得什么。

她唯一在乎的是，她精心栽培的那株梅花，有没有开好罢了。

夜渐深，薄雾浓云一点点遮蔽天空，暗淡了月色。

"还陵哥哥……"

一身华服的冯卿安蹲在思卿殿的花园一角，她眨巴眨巴水润润的眼睛，望着花瓶里那株晶莹剔透的梅花，柔声细语地唤着身旁男子的名字。

被唤作"还陵哥哥"的眉清目秀的男子冷不防听到她这声称呼，微一愣神。

冯卿安伸手拂去落在花瓣上的残雪，脸上漾起笑容："今日是哥哥的生辰，你说，哥哥他会不会喜欢我送他的这株梅花？"

还陵心一颤，提着灯笼又凑近了几分。这梅花是进贡的上品，这几日一直由冯卿安亲手栽培，此时开得正好。他诚惶诚恐地颔首："公主使不得，公主的哥哥是整个盛燕国的王，盛燕国最为尊贵的存在，奴……奴才……奴才万万当不起'哥哥'这个称呼。"他面上划过一丝怔忪，声音平平，"公主唤奴才'还陵'即可。"

他是前些日子盛燕王冯执涯亲自指派到冯卿安身边贴身照顾她的太监，冯执涯特意叮嘱过他，要悉心照看好冯卿安。此时，他不着痕迹地打量着这位小公主的神情。

盛燕国人皆知，冯执涯极其宠爱他这个同父异母的妹妹，给她每日的吃穿用度皆是寻常公主远不能企及的，不仅如此，冯执涯还特意替她修葺了一座奢华的宫殿，并以她的名字命名，也就是现在的思卿殿。只是，冯卿安从小体弱多病，极少外出走动，大多数时候都是大门不出二门不迈的。

就这几日所见，冯卿安也不喜身旁多人照顾，大多数时候，都只带着他在身旁。

"嗯。"冯卿安脸上依旧挂着淡淡的笑，并未在意他的话语，"哥哥见惯了各种奇珍异宝，想必不会将我的梅花看在眼里吧。"

"怎么会？王上如此宠爱公主殿下，即便公主殿下此番什么也不送，王上也是欢喜的。"还陵赶紧安抚道。

见他如此说，冯卿安恍了恍神，脸色白了几分。她视线恋恋不舍地从梅花上移开，缓缓站起身，这才似有若无地叹息了一声："那便好。"

见冯卿安起身，一直候在一旁的还陵赶紧给瘦弱的小公主披上大氅，望着她如玉般雪白的侧脸，他关切地问道："公主可要进去歇息？"

"嗯，进去吧。"

话语刚落，天空中便无端绽出一簇烟花，冯卿安脚步一停，下意识抬头看过去，绚烂的烟花自远处一点点蔓及整个天空，一寸寸点亮了她的眸。

注意到冯卿安艳羡的神情，还陵握着灯笼的手一紧，他眼底迅速划过一丝暗芒，口中却仍乖觉地说了一句："想必是王上在宴请各国来的客人。"

按理说，这种时候，作为公主的冯卿安理应在场作陪的。

冯卿安嘴角一弯漾出两个梨窝，眼底却是一派平静："唔，这盛燕国王宫许久没有这么热闹了。"

"是。"还陵思忖着应道。

冯卿安闭了闭眼，忽而侧头冲还陵温软一笑："还陵哥哥。"

还陵生怕她再度唤出口，耳垂一下子染上薄红，他急急避开眼："公主？"

"听说，你来自濮丘国？"冯卿安开口道。

还陵一滞，惊诧地望向冯卿安，他有些不明白冯卿安如何会知晓自己的身世，又或者说，他有些不明白冯卿安为何会关注这个。

见他神情不对，冯卿安眉眼弯弯，语调轻松舒缓道："听说此番濮丘国来了不少人给哥哥贺生，也不知道，来的人中有没有你的故人？"

还陵松了口气，低垂着眼，身体僵直道："濮丘国来的都是王公贵族，怎会有奴才的故人呢？公主说笑了。"

"没有就算了……我原本还想着，带你一起去凑凑热闹呢。"冯卿安眼波流转，轻轻笑了一声。

还陵不明所以，抬眼的瞬间正好与冯卿安目光相撞，她眼眸清亮，像是一汪清澈的泉水。

他不由得心头一跳。

"哥哥担心我的身体，不许我去为他贺生……可我是他的妹妹，他待我这么好，我怎么能因为身体的原因就缺席呢？你说是不是？"冯卿安凑近他几分，吐气如兰，漆黑湿漉的眼眸一眨不眨地凝视着他。

还陵张了张口，有些说不出话来，他不知该如何回答这位备受宠爱的小公主。

冯卿安笑脸盈盈地望着还陵，语气柔软道："哎，还陵哥哥，你愿不愿意，帮卿安一个小小的忙？"

踏着一地薄雪，冯卿安压低帽檐，抱紧手中的花瓶，匆匆自思卿殿走出。好不容易远离了镇守殿门的侍卫的视线，冯卿安丝毫不敢松懈，脚步一刻也不停。

她勉强抑制住发抖的手指、微喘的呼吸，逼迫自己快速冷静下来。她与那瘦弱的小太监还陵身形相似，再加上近几日刻意模仿了他的步伐神态，这才能在夜色的掩护下踏出思卿殿的大门。

那小太监到底是一个新人，并不知晓盛燕王冯执涯的真正心意，三言两语就听信了她的话，以为她是要偷偷给冯执涯送惊喜。

冯执涯想要的，并不是还陵贴身照顾好她，而是牢牢看管好她，用病重这一理由束缚住她，不许她踏出宫门半步罢了。何其可笑，堂堂一国公主，却连走出殿门的自由都没有。

此时此刻，天时地利，是她近几年来最好的时机。

这种千载难逢的机会，可遇不可求。

她早早与外头那人取得了联系，只要她今夜能顺利到达外墙，便会有人来接应她，从此，她便再也不用受这深重宫墙的束缚。

外头接应的是她母妃家族之人，断然不会背叛她。

还未走出多远，冯卿安便觉得一阵眩晕，险些站不稳。她在心底冷笑一声，勉强抑制住心头翻涌的不适感，继续往前走。

今日的思卿殿之所以比往日松懈一些，除了因为今日是冯执涯的生辰，大批人马都在前殿守候外，还有一个原因——现在是月底。

每月月底她身上的毒便会发作。

这毒自她有意识以来便伴随着她，使得她岁岁年年受其困扰，不得安生。如若不是冯执涯一直找人替她调理着，她说不定早就毒发身亡了。

是以，冯执涯断定她不会在这种日子里冒着生命危险做出什么出格的举动来。

但也正因为这个原因，她更加恼恨自己，无法以病弱之躯逃脱冯执涯的掌控。

她已经算好了时辰，只要她能在毒发之前及时抵达外墙，不出差池，便能顺利见到那人替她安排的名医，说不定，她的毒也能解掉……

也许是她此时脑子里思绪过于繁杂，她踏上掩藏在雪地间的一块细碎的小石子，一个趔趄，险些摔倒在地，但更令她胆寒的是，一双手扶住了她。

"小心。"那人轻声笑道。

冯卿安僵了僵，飞快地缩回手，抱紧手中的花瓶。

面前是一位身穿玄色长衫不知身份的年轻公子，孤身一人站在这算得上偏僻的宫墙内。

委实诡异。

　　毒一点点开始发作，她额上冒出冷汗来，手指微微发颤，心跳声也变得密集起来，但她面上却不动声色，低着头看也不看那人，微微躬身径自行了一个礼，只等他离开。

　　在这种状况下，此人极有可能是他国的使臣，她委实没有理由与他发生冲突。

　　那人却没有主动离开的打算，而是立在原地，忽而伸手，自她环抱的花瓶里折了一枝梅花递到鼻前，不急不缓地叹道："唔……真香。"

　　他嗓音温醇，说不出的好听。

　　冯卿安心头微恼，侧身避了避，眼观鼻鼻观心："梅花是卿安公主要献给王上的贺礼，公子慎重。"

　　那公子捏着那梅花，再度轻笑一声，戏谑地打量着冯卿安："既然是要献给王上，那你何不与我一同前去，将这礼献给王上？"

　　冯卿安一慌，借着朦胧的月色瞥了那公子一眼，夜色模糊了他的轮廓，瞧不分明。

　　见冯卿安不说话，那公子兀自叹了一声，抬眉质询道："你可知去芳华殿的路怎么走？"

　　芳华殿正是冯执涯宴请宾客的主殿，冯卿安自然犯不着主动往上凑。

　　她摇摇头，怯懦道："奴才刚入宫不久，不熟悉各个宫殿的位置。"

言外之意是她无法为他领路。

那公子心不在焉地点点头，若有所思地看了她一会儿，声音一寸寸凉下来，落在冯卿安耳中更是凉得刺骨。

"既然不知道路，又要给王上送贺礼，便随我一同去吧。"

冯卿安一惊，正欲拒绝，却被那公子攥紧了手腕。

"我此番是第一次进盛燕王宫，"他唇畔弯起似有若无的弧度，声音含着笑意，眼底却一派冰冷，"断不能在盛燕王面前失了礼数。"

冯卿安不明白他说这话究竟是何用意，她心下越发焦急。看这天色，宴会该落入尾声了，冯执涯指不定会在宴会结束后来找她。这公子能不能及时赶到实在与她无关，思及此，她一矮身道："奴才不识路，不能为公子引路。"言下之意便是让他放过她。

"那又如何？"那公子笑了笑，不以为意。

冯卿安一默，心底的恐慌渐渐扩大，在这个瞬间她脑海里浮现出多个念头。不对劲，有些事情不太对劲。

是她被短暂出逃的喜悦冲昏了头脑。

冯执涯怎么可能让一个陌生的他国权贵独自进宫，身旁却没有其他侍从？并且，这条宫道她走了这么长时间了，今夜为何一直鲜有人经过？

　　她说不上来，也已经来不及多想，随着夜空中再度绽开的烟花，她脑海里仿佛也有烟花绽开，她浑身力竭，开始止不住地发抖，手中捧着的花瓶也逐渐滑落，她的毒再也耽搁不得。

　　但下一瞬，花瓶连同里头开得正好的梅花一同落入了那公子掌心。

　　那公子唱叹一声，稳稳扶住了冯卿安的肩膀，漫不经心的嗓音带着笑，让人如沐春风，可说出的话却让冯卿安不寒而栗。

　　"你想逃？是不是？"

　　逃？

　　冯卿安一滞，瞳孔微微放大，定定地望着那公子，他的话正戳中她的心思。也就是在这一瞬，她终于瞧清了他惊人的容貌。月华倾落，而他眼眸深沉，如同倒映着星辰大海，如同勾魂慑魄的鬼魅。

　　她浑身发冷，已经明白了答案。

　　"逃不了的。"那公子再度悠悠启唇叹道，话语中带着数不尽的苍凉意味。

　　冯卿安艰难地攥紧他的衣袖，在意识涣散之前，犹自不甘心地开口："你……究竟是谁？"

　　那公子好似早明白了她会这么问，嘴角一翘，弯起似有若无的弧度，他轻轻俯首在她的耳畔，将一颗清凉的物什递到她嘴边，这才意味深长地低喃一声："你的恩人。"

恩……人？

冯卿安神情变得恍惚起来，耳朵里嗡嗡作响，思绪一片沉浮，她已经完全听不清那公子在说什么了，只能感觉到那片清凉一点点舒缓了她的难受，让她的身子开始一点点回暖。她似乎还闻到了他身上极淡的血腥味。

她不再细想，目光悠悠地落在远处宫墙上，低低吐出一句："要变天了……"

那公子闻言微怔，随即也含笑望向天空，眉头舒展开："唔，要变天了。"

不过须臾，一声惊雷炸响，大雨倾盆而至，冲散了被脚印踏散的薄雪，冲散了他们途经的痕迹，也冲散了他身上淡淡的血腥味。

望着在药物作用下陷入昏迷的冯卿安，那公子渐渐地收起了笑容。

雨水顺着他的下巴往下淌，一点点滴落在冯卿安的眼睑上。

"到底是年纪轻，这般耐不住性子，不管不顾就跑出来。"那公子若有所思地打量着她，没什么情绪地低低叹一声，手指却无比温柔地抚过她苍白精致的眉眼，抚过她留有耳洞的莹白耳垂，"如若撞上旁的什么人，怕就没这么好运气了。"

语罢，他将长衫褪下盖在她身上，再将她一把抱起。

"冯、卿、安……"

永黎九年，早春。

盛燕王冯执涯二十四岁生辰那一夜。

淮照国太子许栖于盛燕国王都弦京，薨。

史称，渠水事变。

大
梦
不
醒

◆ 第一章

我生待明日

永黎十三年，初夏。

"你想逃？"

"逃？"

"你为什么想逃？哥哥对你不好吗？"

"我……"

"逃不了的。"

……

逃不了的。

这句话仿佛尘埃落定。

一声惊呼自唇边溢出，冯卿安自榻上惊醒。梦魇缠身，而她鬓发微微凌乱，脸颊苍白一片。梦境中说话的公子一会儿是四年前那位不知名公子，一会儿是冯执涯。

回忆纷至沓来，她微微失神，脑海里下意识涌现出四年前那个夜晚发生的事。

那个神秘的公子，和那晚她昏迷后接二连三发生的诡异事……

逃不了的。

她永远逃不了的，永远逃不出这深厚的宫墙，永远逃不出冯执涯的掌心。

她苦笑一声，摇摇头不再细想。

一直候在一旁的还陵见冯卿安惊醒，赶紧给她递上杯盏，安抚道："公主，该喝药了。"

冯卿安昨夜毒发，又是好一通折腾，直到凌晨才睡下，可还没两个时辰又醒来了。

冯卿安看着还陵手中稍显笨拙的动作，回过神来，她心底莫名一片酸涩。

还陵因为那日疏忽失职，被盛怒的冯执涯砍断了两根手指，以示惩戒。她心底明白，都是因为自己一时冲动所致。而冯执涯之所以留着他的性命，留他在自己身边，不过是为了威胁自己，再不可轻举妄动罢了。

"你可怨我？"她定定地望着还陵的背影，沉静的眸中无悲无喜。

听了这句莫名其妙的问话，还陵颇为意外地抬眼望向冯卿安，注意到她的目光所落之处，还陵微微弯唇。

经过四年前那次事件后，他越发沉稳寡言，也更加全心全意地照料冯卿安，完全没有一丝一毫的怨怼。同时，随着年龄的增长，他面容越发阴柔白净好看，眉宇间甚至隐隐带着一种与他身份不符的矜贵之感。

他谦卑地垂下眼睑，拢起袖子，将手指藏于其中，这才冲冯卿安恭敬一笑："公主，您又做噩梦了。"

冯卿安瞧着他不卑不亢的回避态度，默默在心底叹息一声，不再多言，径直将那碗苦涩的药一饮而尽。

终归是自己对不住他。

看着冯卿安将蜜饯送到嘴里，缓解了那股苦涩，还陵这才不急不缓地开口劝慰道："公主整日待在房里也不是个法子，还是要多出去走走，散散心，才有利于身体恢复。"

"恢复？年年如此，月月如此，身体如何恢复？"冯卿安苦笑一声。

"公主切不可自暴自弃。"还陵道。

冯卿安掀开被子，在还陵的搀扶下落座在梳妆台前，望着镜子里披散着头发、面容苍白憔悴的自己，她低低一笑，不咸不淡道："又去花园里走？花园里有几块瓦几块砖，几朵花几棵草我都数了上百遍了。"

思卿殿占地面积极大，寝殿后头的花园几乎将整个盛燕王宫稀奇的景致都囊括了。可即便再大，也架不住日日在其中转悠，冯执涯这是画地为牢了。

还陵的表情并未有过多变化，他替冯卿安披上外衫，接过旁边婢女递上来的梳子，一点点细细梳理着冯卿安的长发："王上昨日又差人送了几株名贵的花来……奴才眼拙，不认得那是什么花，公主要是有兴致的话，可以去看一看。"

"花？"

冯卿安看着镜子里的自己不屑地扯了扯嘴角，露出一个讥嘲的表情来。

她委实对照料这些花花草草没有兴趣，自四年前那次，她送了冯执涯一株精心修剪的梅花作为生辰贺礼后，他便送花草送得更勤了。平时，左右日子清闲，她尚还有点兴致去打理打理，可毒发的这几日，她心情烦躁懒得掩饰性子，实在没这个多余的心思。

她在盛燕王宫看似风光，吃穿用度皆奢华无比，但说到底，又何曾不是如履薄冰、战战兢兢，揣摩着冯执涯的脸色行事呢？惹恼了这个盛燕国最为尊贵的人，对她而来，太划不来。毕竟，她的身家性命都要维系在这个人身上，何其可悲，何其可叹。

她默了默，平复了心境，还是开口吩咐道："你先差个人精心照料着，等我……"

"卿安。"一个低沉阴郁的男声自门外响起，打断了两人的交谈。

是冯执涯的声音。

冯卿安一僵，快速调整了自己的状态，望着镜子里的自己一点点漫上熟悉的笑容，这才定下心来。

吱嘎一声，门被推开。

随着他脚步声的靠近，还陵搁下梳子，和周围几个婢女冲他躬身行礼。礼毕，他们便如往常般鱼贯而出，留冯卿安一人在屋里面。

"身体怎么样？"冯执涯拾起刚才还陵搁在桌面上的梳子，接替了他的工作，有一下没一下地梳理着冯卿安的长发。

"吃过药，现在好多了。"冯卿安乖巧地答。

冯执涯像往常一样亲昵地揉揉她的头顶，笑道："那便好，如果还是感觉身体不舒服，哥哥便再去寻几个名医来。"

冯卿安笑弯了眼，谨慎地斟酌着字眼道："不用了，整个盛燕国的名医几乎都要被哥哥召集到盛燕王宫了，我身上这毒，医不好就是医不好，还是不要强求了。现在能控制住，卿安已经很满足了。"

冯执涯但笑不语，他今日好像心情不错。

他梳头的动作不是很熟练，牵扯得冯卿安头皮一阵发紧。

冯卿安忍了忍，还是忍不住扑哧一笑，她仰着头软着嗓音埋怨道"哥哥你怎么突然干起下人的活来了？一看你就没经验，不会是因为要哄哪个姐姐开心，为了日后替她梳妆，提前拿我练手吧？"

冯执涯笑了笑，手中动作放柔了些："疼？"

"哥哥梳头，卿安受宠若惊，哪里会觉得疼？"冯卿安笑道。

冯执涯自冯卿安身后俯身，看着镜子里样貌出众的两人，他狭长的眼微微眯起，目光流连在冯卿安不施粉黛却依旧让人惊艳的脸上，他眼底宠溺的意味加深，嗓音微哑道："就你会说好听的。"

冯卿安面上仍笑嘻嘻的，身体却不自觉地紧绷，她稍稍偏头避开冯执涯的接触，温声软语道："哥哥说的哪里话，卿安嘴拙，哪里有后宫姐姐们会说好听的话。"

话音落，冯执涯便失了笑容，眼神阴鸷了几分。他站直了身体，继续替冯卿安梳头，一梳梳到尾，这才慢条斯理道："嗯，可她们没有你真心，卿安，你才是最懂我的人。"

冯卿安心头一跳，冯执涯往日里就算再宠爱自己这个妹妹，也从不逾越的，这话明显有些越界了。

她眼神微闪，轻轻笑道："怎么会？她们一颗真心全都系在哥哥身上，哥哥的喜好全都记在心里，卿安这个做妹妹的才是比不上呢。哥哥有时间该多去陪陪她们，而不是来我这里。"

她故意玩笑道，"不然，估计她们都要吃卿安的醋了。"

冯执涯一勾嘴角，露出一个似笑非笑的神情来，落在冯卿安眼里却是一阵毛骨悚然，她下意识害怕冯执涯看她的眼神。

"卿安莫不是在说反话？她们哪里敢吃你的醋？"他手中的力道轻柔了几分，语气也越发温柔，"乖，哥哥这辈子，只会给你一人梳头。"

冯卿安微怔，对冯执涯的恐惧自心底深处一点点漫出来，她脸色苍白得更厉害，勉强笑了笑，刚打算玩笑几句冲散这诡异的对话，冯执涯便已经率先转移了话题。

他垂下眼睫，目光凝在玉梳上，淡淡道："听说你这几日整日待在房间里，怎么不出去走动走动？"

冯卿安并不意外冯执涯知晓自己的一举一动，松口气乖巧地扬着笑脸道："哥哥不是不知道卿安性子懒散，还不是趁着毒发，趁机赖在床上歇息，肚子饿了便差人送到床上来，最惬意不过了。"

冯执涯被她耍赖的小模样逗得微微一笑，沉吟半晌，他才道"哥哥带你出去散散心，可好？"

冯卿安一愣，不自觉紧张起来："散心？去哪里？"

冯执涯自桌上的小匣子里挑了一朵绢花，别在冯卿安耳边，在镜子里细细端详着她的神色，这才慢慢道："奕州依山傍水风景很是不错，发展也越发快，甚至有赶超弦京的趋势。早几年我差人在那边建了个别苑，现在天气越发炎热，恰好适合去那边小住，权当是避暑了。"

　　他轻描淡写说得简单，冯卿安却是一默，一国之主的南巡之行多则数月，少则十余天，自然不可能是为了消遣，肯定另有他意。

　　只是，她有些揣摩不透他要带上她的意图。

　　四年前的那晚，冯卿安醒来后便已经躺在了思卿殿，她因为毒发外加受了风寒，大病了一场。

　　她只知晓冯执涯大怒，思卿殿上下都受到了不轻的处罚，冯执涯责怪他们不该贸贸然让她一个人往外跑。相反的，他对她好一番推心置腹的安慰，自责不该因为生辰而对她疏于关心，任由她毒发。

　　看他的意思，好似是因为那夜那个神秘的公子对他说了些什么，导致他以为冯卿安真的是为了给他庆生才私自出殿。冯卿安自然只能顺着台阶下，坐实了她私自出去是为了找他庆生这个理由。虽然冯卿安并不敢全然相信，冯执涯是真的相信了这种说辞。

　　她只知道，自那以后，冯执涯对她的看管越发严格，极少的几次出去都是前前后后围满了护卫，生怕她再出差池。

　　按理说，这种规模的出行，他不该带上一个不稳定的她。

　　她面露为难，蹙着眉头柔声细语推脱道"奕州？这么远啊？

我还想趁着月底多赖几天床呢，还是不去了。再说了，哥哥带着我这个病秧子岂不麻烦？"

冯执涯失笑："都多大了，还闹小孩子脾气。"

"卿安不论多大，在哥哥眼里都是小孩子。"冯卿安顺势说道。

冯执涯弯唇笑笑，嘴角勾起一个恰当的弧度，眼底却毫无笑意。他的手指搭在冯卿安的肩膀上，沉声道："整日里闷在房里不利于身体恢复，你准备几套随身衣物即可，其他的东西奕州别苑里都有。再说了，哥哥怎么会嫌你麻烦？真是犯傻了。"

看这意思是非去不可了。

"那好吧。"

冯卿安面上不动声色，甚至还带了几分懊恼，心里却倏地腾起一股难以言喻的喜悦。她虽不知晓冯执涯此番动作究竟是何用意，却明白，不论他意欲何为，这都是自己离开冯执涯离开盛燕王宫的又一个机会。

对，她想逃，她做梦都想逃离这里。我命由我不由天，她不信那神秘公子的断言。

并且这次，她绝不会再像那日那样冒失。

"卿安。"

冯执涯的神情很淡，语气也很冷淡，一下子将有些出神的冯卿安拉了回来。

"朝中有大臣进言，你今年已经十八了，早到该婚嫁的年纪了。"冯执涯平静道。

"啊？"冯卿安张了张口，不料他突然提起这个，一时不知道该说什么好。

冯执涯盯着她的眼睛，字字句句像是试探："你可有看中的人？又或者，你想嫁给一个什么样的人？哥哥定会如你所愿。"

他这话问得古怪，她一直久居深宫，接触最多的男人便是他，除此之外便是还陵，可还陵是个太监，根本算不得一个男人……

冯卿安摇摇头，脸上泛起红晕，颇有些羞涩，她小声怯懦道："卿安没有喜欢的人，卿安觉得现在这样的日子很好，"她垂下眼睫，手指紧紧攥成一团，"卿安很喜欢这里。"

冯执涯深深凝视着她，思忖着她这话几分真几分假。良久，他笑了，搁下玉梳。

"那便好，哥哥也舍不得卿安离开。"他柔声说。

果然是这样的答案，冯卿安心一沉。

"如若你遇上你喜欢的人了，记得告诉哥哥，哥哥定……"他一顿，倏地笑开，冷漠的面容上浮现出一丝微妙的神情，"哥哥定送你十里红妆，让身为盛燕国公主的你风风光光出嫁。"

"……好。"冯卿安乖巧地应道。

望着冯执涯离去的背影，冯卿安神色也变得绝望起来。

如若真的有这么一天，他真的肯放手吗？

冯执涯长她十岁，和她并不是一母所生，他的母亲只是一个普普通通的婢女，在与前盛燕王一夜云雨后，便有了他。

前盛燕王极其看重阶级背景，断不能容忍自己的孩子有一个卑微的婢女母亲，于是，那位可怜的婢女在生下冯执涯后便被一杯毒酒赐死。而冯执涯也成了盛燕王宫里一个奇特的存在，甚至连名字都是在他出生很久以后才取的。

而冯卿安则不同，她的母妃叶湘出身盛燕国名门叶氏，叶湘入宫前就一直备受家族宠爱，入宫后也备受前盛燕王的宠爱，一生都过得无忧无虑，而她样貌像极了母亲叶湘，便一直是前盛燕王最为宠爱的女儿。那时的盛燕国远没有今日繁荣昌盛，盛燕王宫里的妃子也很少，且后位一直空悬，所有人都以为她的母妃会名正言顺地成为王后，可谁知，在她五岁那年，她的母妃意外丧命。

同年，原本毫不起眼的冯执涯开始崭露头角，他完全继承了前盛燕王的俊美容貌和过人胆色，又或者说，更甚。

不过短短一年的时间，他便在不多的兄弟中赢得了前盛燕王的青睐，诡异的是，在他刚刚成为太子之际，前盛燕王便暴毙身亡，而他顺理成章地继承了王位。

其中种种变故，那时尚还年幼的冯卿安并不知晓，等她逐渐长大，便已经是新任盛燕王最为宠爱的妹妹了。

冯执涯自继位以来，待她这个没见过几次面的妹妹极好，好得有些不可思议。她的几位姐姐都在适当的年纪纷纷出嫁，可她却不然，一直被冯执涯留在身边。她今年已经十八岁了，朝中传出些流言来委实再正常不过。

她不是看不出冯执涯看她的眼神，这不属于兄长的眼神，因为她年龄的增长而越发炽热。她害怕，她害怕以冯执涯的性子，他可能会做出某些可怕的事情来。

所以，她必须逃。

用过晚膳后，身体渐渐好转的冯卿安便唤还陵扶她去花园里散心。

见冯卿安改了心意，还陵颇有些诧异："公主改主意了？"

冯卿安只是抿唇笑，并不答复他。还陵也不在意，尽职尽责地搀扶着她到了花园凉亭一隅。

冯卿安随便寻了个由头打发还陵离开后，四下环顾无人，便小心翼翼将藏在贴身衣服里的口哨掏了出来。这口哨很是奇特，吹出的声音，人耳并不能听到，只有一种由叶家人豢养的小鸟能听到这口哨的声音。

这是她与叶家人的联络方式，她自有意识以来，母妃叶湘便教授了她这个法子，让她日后以备不时之需。虽然那时年幼的她并不能理解母亲的意图，却还是乖巧地记下了。

这口哨她统共只用过两次，为了避免被冯执涯发觉，她并不敢多用。那两次都是在四年前，一方面是因为那时的她月月饱受病痛困扰，这毒发作起来越发厉害，而冯执涯替她找的名

医却渐渐束手无策，她整日孤苦无依惶惶无措；另一方面，她
怕极了冯执涯，迫切地想要逃脱他病态的掌控，便急急祭出这
个法子与母亲的家族叶氏取得了联系，想要寻求帮助。叶家人
很快便给了她回复，并告知她，只要她能顺利抵达外墙，后续
之事便无须担忧。

可惜的是，她并没能顺利到达外墙。

现在想来，叶家人如此轻而易举便同意助她脱身，罔顾盛
燕王冯执涯的意愿，真的仅仅是因为她是叶湘的女儿吗？

伴随着落日余晖，焦急地等了片刻后，便有一只浑身黑色
的小鸟自远处飞来，稳稳落在了冯卿安的掌心。这小鸟只有拳
头大小，动作也灵敏得很，极难让人发觉。冯卿安将早早准备
好的字条仔细地绑在它腿上后，它便很快飞走，消失在了视线
尽头。

简单地完成一个绑书信的动作，对病弱的她而言并不容易，
不过一小会儿工夫，她便已经手指发颤，呼吸微乱，大汗淋漓了。
为了避免被还陵看出来，她缓了好一会儿才自凉亭起身，慢慢
踱着步子往回走。

刚刚走出几步远，她便与端着果盘的还陵撞了个正着，还
陵神情微微一变，躬身道："公主要回寝宫了？"

"嗯，我有些乏了，回去吧。"

"是。"还陵不疑有他，将果盘递给身后的婢女，赶紧上

前搀扶住冯卿安。

他过来的时机正好，并没有看到自己传信的那一幕，冯卿安微微松了口气。

对于叶家的底细，她并不清楚，但她无比信任自己的母妃，相信母妃断然不会欺骗自己。即便他们叶家对她别有所图，只要能帮助她脱身，她什么也不在乎。

深夜。

冯卿安是被一声声凄厉的哭喊吵醒的，声音隔得很远且并不大，却还是让她不得安睡。

她睡眠历来很浅。

几年前，她原本和寻常人一样，睡眠质量很好的，可在经历了一次被噩梦吓醒，醒来却发觉噩梦的根源冯执涯竟然立在黑暗中直直看着她后，她便再也不敢睡得太沉了。

好在那次之后，还陵担忧她，会整夜整夜守在外面，时不时还会进来查看她的情况。

听了这莫名诡异的凄厉叫声，冯卿安心下不安，微一蹙眉，翻身坐了起来。她虽一直生活在深宫之中，但大门不出二门不迈的，说到底，对这盛燕王宫的种种隐秘并不是特别了解。

"还陵。"她扬声唤道。

"公主。"

一直候在外头的还陵提着灯推门进来，他稍一打量冯卿安的神色便明白过来，扭头吩咐了外头的人几句后，上前给冯卿安送上一杯热水，让她润喉。

"奴才本以为，这么小的声音是无法打搅到公主的，是奴才失职了。公主放心，奴才已经安排人过去了，定不让那疯女人再扰到公主歇息。"

冯卿安有些疲倦地揉了揉太阳穴："疯女人？你知道是何人在哭闹？"

还陵神情颇有些怔忪，罕见地犹豫起来。

冯卿安扫他一眼，蓦地轻笑一声："说吧，在我面前不用顾忌什么。"

还陵顿了顿，将冯卿安床头的蜡烛燃起，顺从地说道："是一个年岁已高的婢女，她在王上小时候曾照顾过王上。四年前这位婢女被安排去照料不远万里来盛燕国给王上贺生的淮照国太子，可不料，那位尊贵的淮照国太子在夜里竟意外身亡。王上看在昔日情分上，并未对她做出什么严厉处罚，而是将她送去了冷宫，可她却因此变疯了。估计是她今夜大晚上不睡觉，又在宫里四处转悠着，这才扰了公主清净。"

"她怎会变疯？"冯卿安随口抓住了还陵口中话语的重点。

还陵抬眼打量着冯卿安平静的神情，摇了摇头斟酌道："奴才只知晓，她说，淮照国太子的鬼魂在盛燕王宫作祟，他在报复盛燕王宫的人……据说那被抓的凶手并非杀害淮照国太子的真凶，而是被推出来的一个替死鬼。"

冯卿安微怔："鬼魂作祟？"

四年前冯执涯过生辰，她试图逃走的那个晚上，淮照国千里迢迢来为冯执涯庆生的太子，意外淹死在了盛燕王宫的渠水殿里。这次事件被称为渠水事变。

渠水事变闹得很大，连很少出门的冯卿安都听到过关于此事的只言片语的讨论。虽然事后冯执涯抓紧排查揪出了幕后黑手，淮照国不甘心，却也没有过多追究，可自那以后，闹鬼的传言便一直萦绕在盛燕王宫里，这几年间甚至越演越烈，整个后宫皆人心惶惶，不得安生。

冯卿安并不信鬼神之说，听了还陵的话，她倏地笑了，不以为意道："无稽之谈。"

还陵也笑了笑，附和冯卿安的话头："奴才也觉得是无稽之谈，王上实在没有理由要害死淮照国太子，此举委实得不偿失。"

还陵一顿，意识到言多必失，不该无端讨论国事，他不敢再多说，轻声道："公主当笑话听一听即可。"

等了片刻，外头果然安静下来，那个"疯女人"不再哭喊，还陵微皱的眉头松开，他偏头冲冯卿安安抚地笑了笑，烛光影影绰绰地落在他眼眸中。他温声道"公主这下可以安心歇息了。"

他这浅浅的笑容让冯卿安有一瞬的恍神，他本该是个肆意人间的清俊公子，只可惜，一朝入宫成了太监。她曾好奇地问

过还陵原因，他却只是笑着说，是因为小时候家里贫穷，这才
入了宫讨口饭吃。

"公主歇息吧。"他细心地替冯卿安掖了掖被子，吹灭了
蜡烛，退了出去。

夜已深。

冯卿安合上双眼，对刚才还陵口中的种种宫闱秘闻，她并
没有兴趣知晓，索性翻了个身继续睡下，不再理会。

第二章

◆ 她与他的第二次交锋

转眼便到了南巡出行之日。

可惜天公并不作美，还未出发便下起了淅淅沥沥的小雨。

来接冯卿安的年轻将军朝她简单地行了一个礼，恭敬道"王上特地派末将来接公主，请公主上车吧。"

冯卿安目光落在那位将军身后的马车上，不着痕迹地蹙了蹙眉。马车看起来很是普通，与一身精致华服的她委实有些格格不入。

她还未开口，身旁替她撑伞的还陵便已经不悦地开口了："公主是何身份？这种规格的马车也配拿来给公主坐？将军未免太不知礼数了！"

年轻的将军一愣，面容冷峻下来，他抱拳冷淡道："抱歉公主殿下，王上吩咐过，此番南巡主要是为了体察民情，不宜高调行事，末将也是按规矩办事。"

还陵还欲再说，冯卿安却抬了抬手止住了他的话头，她有些意外一贯温和的还陵居然会突然出言刁难这位将军。她理解地微笑安抚道："无碍，出门在外，无须计较这么多，将军辛苦了。"说完她扫了一眼还陵，语气凉了几分，"还陵，还不向将军道歉。"

还陵默了默，终归还是低声道："是奴才逾越了。"

那将军见状，爽朗地笑了笑："不碍事不碍事，是末将没有事先说清楚。"

冯卿安也随之客套地弯了弯唇。

一旁的还陵把伞朝冯卿安的方向倾了倾，他垂下眼，嘴角微微翘了翘，不再言语。

语毕，马车帘子被掀开一角，帘子后露出一张清丽娇憨的脸，那人冲冯卿安兴奋地招了招手，熟稔地唤她的名字："卿安妹妹。"

见到里头那人，冯卿安微一愣神，颇有些意外，既是意外里头有人，也意外里头的人居然是她。但冯卿安很快露出一个微笑来，应道："微岚姐姐。"

还陵在看清马车里的人之后，却轻轻蹙了蹙眉。

冯卿安不再犹豫，提起裙子在还陵的搀扶下上了马车。

马车里的人名唤江微岚，是冯执涯后宫的一位普通嫔妃。

江微岚是四年前冯执涯生辰那一日入的宫，据说，她本是濮丘国受宠的公主，可不想，濮丘国渐渐势微，需要依附日渐强大的盛燕国，最美最受宠的公主落得一个和盛燕国和亲的下场。

好在，她与冯执涯年龄相当，容貌也出众，倒也不算委屈了这位濮丘国公主。

冯卿安曾在几次宴会上见过江微岚几面，她性子单纯，不爱出头争抢，也不懂得如何花心思讨好冯执涯，所以并不得冯执涯宠爱。见她如此，冯卿安有些同情她，时不时还会央求冯执涯放自己去她宫里玩，但事后仔细一想，相比自己未卜的前路，自己又有什么资格同情她呢？

总之，一来二去，冯执涯便以为她与江微岚性子相投。他本不喜冯卿安与他的妃嫔过多接触，但见江微岚为人低调，并不争宠，便对她稍稍放松了束缚，允许她不跟自己汇报，直接去江微岚宫中。对冯卿安而言，虽然谈不上与她交心，但多了一个能说话的人，总归是件好事。

想必是因为自己的缘故，冯执涯才在此次南巡中，将江微岚带在身边吧。

这马车外观虽然普通，里头却布置得很是精巧，物品一应俱全，看样子是精心设计过的，即便路途再不平坦，里头也不至于太颠簸。

而那年轻将军经刚才一事后，一直很照顾冯卿安，在马车周围安排了许多身强体壮之人保护她。

江微岚羞涩地将一直抱在怀里的一盒点心递到冯卿安眼前，她带着些许讨好和小心翼翼："卿安卿安，你饿不饿？听说我们要接连坐好几日的马车，你先吃点东西填填肚子吧？"

"我不饿，你吃吧。"

见冯卿安拒绝，江微岚便自顾自地开始吃了起来，边吃还边笑，她对此次的南巡之旅激动不已："王上他，其实是喜欢我的吧。"她低着头轻喃道，"这次南巡前前后后要花上一个多月的时间，后宫妃嫔之中，王上只带了我一个人出来……卿安，你说，王上是不是很喜欢我？所以才只带上我？"

听了这话，冯卿安心里咯噔一下，她勉强定了定神，含笑颔首，模棱两可道："哥哥定然有他的心思。"

听了这话，江微岚反而更羞怯了，她脸颊微微泛红道："嗯，我定不会辜负王上对我的信任，一定好好照顾王上。"

见江微岚如此，冯卿安反倒不好多劝，她唇边溢出一丝轻叹，终究只是无言。

不知过了多久，马车终于离开了熟悉的宫墙，抵达了盛燕王宫最后一道外墙，护送她们的年轻将军简单地出示了一下令牌后，便自如地带着她们离开了层层重兵把守的王宫。

冯卿安不禁感慨万千，四年前她千方百计也不能抵达的地方，现在轻而易举就能出去，真是造化弄人。

随着马车汇入南巡的队伍，车队驶离了盛燕王宫，外头开始嘈杂起来，时不时有急促的马蹄声和交谈声传入马车中。

一阵爽朗的笑声后，外头有年轻的男声玩笑道："故深，美人在侧，真是羡煞旁人啊。"

被称为故深的人答道："小侯爷说笑了。"他嗓音温醇好听，听起来有些熟悉。

那男声继续道："怎会是玩笑？弦京谁不知道我们祝清蝉大小姐倾慕于……"

他话还未说完，就被一个女声打断，那女声颇有些恼怒，毫不客气地骂："冯襄你胡说八道什么呢？又皮痒找打了是不是？！"

"祝小姐饶命！"

在冯执涯的南巡队伍里，他们几人说话居然如此肆无忌惮，冯卿安好奇地挑起帘子一角，朝外头看去。

外头水雾蒙蒙的，细雨还没停，可外头策马的那三人却显然没有避雨的念头，他们的衣衫早已被雨水打湿。

冯卿安的视线率先落在了那女子的身上，她正在与那个蓝色衣衫的公子斗嘴，她虽是作男子打扮，却丝毫没有刻意掩饰自己女子的身份，美艳的眉眼里是藏不住的英姿飒爽。

接着，她的视线落在那个沉默不语的黑袍公子身上，即便是骑在马上，也能看出他挺拔如松的身姿。他周身气质和另一位男子截然不同，带着拒人千里之外的疏离感。

看着那男子含笑的侧脸，冯卿安愣了愣，忽而全身一冷。

不过须臾，那黑袍公子便敏锐地侧头，蹙眉朝她的方向看过来。他的目光透过层层护卫马车的人群准确无误地落在了冯卿安身上，在看清冯卿安的那一瞬，他神情并未有一丝一毫的变化。隔着连绵的细雨，他眼眸湿漉，漆黑一片，看似平静却又暗含波澜。

在接收到冯卿安震惊过后冷淡的眼神时，他忽而微微挑了挑嘴角，露出一个与他清冷气质全然不符的倾倒众生的轻佻笑来。但很快，他就平静地别过眼去继续和身旁的人谈笑风生，仿佛那一眼的对视，只是幻觉罢了。

不知他低声说了些什么，他们三人很快不再多言，策马离开了冯卿安马车所在的区域。

看着他们离去的背影，冯卿安心里微微震动，手心汗湿，心跳也不受控地开始加速起来，她有些不敢相信自己的眼睛。

是他。

那个策马扬鞭的黑袍公子，正是四年前那个坏她好事的神秘公子。居然是他，可他怎么会出现在南巡的队伍之中？他到底与冯执涯是何关系?

见冯卿安看得出神，江微岚搁下点心也顺着她的目光看了过去，一看到外头那仨人，她很快了然，撇撇嘴难得露出厌恶的表情，她不忿道："没想到王上居然带上了他们。"

"他是何人？"冯卿安平静地问。

江微岚没注意到冯卿安目标明确的"他"字，而是兴致勃勃地将他们通通介绍了一遍："都是些住在弦京游手好闲的纨绔子弟，喏，那个蓝色衣服的，是辞世的护国大将军的儿子冯襄小侯爷，弦京的权贵子弟都与他交好。那个一袭红袍作男子打扮的女子，"说到她，江微岚有些艳羡，"是武将祝将军的女儿，名唤祝清蝉。她自幼随着父亲习武，还跟着她父亲上过几次战场，同时也是弦京出了名的大才女，能文能武，谁都不敢招惹她，名气大着呢。"

"至于那位……"江微岚抬了抬下巴，指向最后那个黑袍公子的背影。

"是淮照国世子，名叫许故深。"

"许故深。"冯卿安轻喃出他的名字。

"嗯。"江微岚点点头，继续低头认真吃点心，不经大脑就说，"是淮照国为了讨好盛燕国派来的质子，已经被扣押在盛燕国整整八年了。他整天就知道和冯襄那群人吃喝玩乐，无所事事。"

"质子？"冯卿安有些诧异。

"可不是！"

冯卿安一蹙眉头，只觉有些不对劲。她心思通透，忽而飞快地联想起四年前那个晚上，淮照国太子意外身亡的事情来。就是那晚，她与他相遇。许故深独身一人出现在宫内，她还记得他身上有一股很淡的血腥味。

淮照国太子是许故深的兄弟，这毋庸置疑，可一个当上了太子，以后能顺理成章地继承淮照国王位，而另一个却俨然已经是淮照王的弃子了。他被无情地扣押在人生地不熟的盛燕国之中，前路渺茫，连能不能归国都是未知数。

难道，那淮照国太子的死便是许故深所为？

冯卿安打了个寒噤。

如若真的是他，他怎会如此轻易就得手？冯卿安继而联想到那晚空空荡荡鲜有人路过的宫道，和他口中所言的，他是第一回入宫……种种迹象皆表明她所看到的一切都是有人刻意安排的……能在盛燕王宫里缜密地安排这一切的人，除了盛燕国之主冯执涯外，别无二人。难不成，难不成淮照国太子的死与冯执涯脱不了干系？

想通这一层后，她冷汗涔涔，后背尽数湿透。

冯卿安勉强让自己冷静下来，不至于在江微岚面前露出端倪来，这其中种种她自然只能选择缄默不言，不能轻易透露半分出去。她对国与国之间的博弈并没有兴趣，她只想自保而已，那件事情如果真的是她预料的这样，那说不定……在必要的时候，这个把柄可以成为她要挟冯执涯的有力武器。

见冯卿安不说话了，江微岚便也不再继续说。

路途漫长，没过几个时辰江微岚便开始脸色发白，头晕目眩，不仅什么东西也吃不下，还吐了好几回，看样子是有些晕车了。

冯卿安有些焦急，思忖着随行太医大抵都跟随在冯执涯身旁，便道："不如差人禀告给哥哥，让哥哥安排个太医来看看吧。"

不等江微岚回话，她就准备出声喊人。在她出声之际，江微岚颤颤巍巍拦住了她，虚弱道："算了，还是别给王上添麻烦了吧。"

冯卿安有些惊讶，此时正是向冯执涯撒娇的好时机，她却打算放弃？

冯卿安不死心道："可你这样下去不是办法。"

江微岚笑了笑，依旧固执地摇头，这模样让冯卿安有些心疼。

"我只是坐马车坐久了有些不舒服而已，算不得什么的，还是不要麻烦王上了。如果王上知道了我连马车都坐不了，说不定会觉得带我出行是一个错误的决定。"

她将自己整个缩在毛毯里，小脸煞白。

见她如此想，冯卿安愣了愣，只好轻叹一声，急急唤来还陵，将自己带在身边的药找出一些来给江微岚吃。她身体本就不好，除了身上中的毒外，时不时总会犯些小毛病，便从太医那里讨了些应急的药来。虽然不是那么对症，却让江微岚的状况逐渐缓和下来。

　　好在没过多久，停靠休息的地方终于到了。

　　下车时，雨已经停了，天也渐渐暗下来。

　　这里是当地某个官员的私宅，那官员早早听闻了冯执涯要途经此处，便把这处私宅腾出来，精心布置了一番。

　　冯执涯知道冯卿安喜静，便特意将她和江微岚安置到了一个风雅的梨园里。

　　简单地吃过晚膳后，江微岚早早歇息了，可冯卿安却迟迟没有睡，趁还陵去给她煎药了，她简单地披上外衫便走出了房间。

　　在梨园里寻了个僻静的角落，她小心翼翼掏出口哨，将那黑色鸟儿唤了过来。这鸟儿白日里就一直跟在附近，碍于江微岚就在身旁，她不敢轻举妄动，只等夜深人静了，才敢唤它过来。

　　鸟儿腿上绑着的，是叶家人给的回复。

　　刚刚将鸟儿放走，还没来得及看那字条，冯卿安便听到头顶传来一声男子的轻笑。

　　冯卿安一阵毛骨悚然，吓得冷汗都冒了出来。

　　他是何人？他看到了多少？

　　冯卿安冷静了一瞬，意识到这里是独属她与江微岚的梨园，除了冯执涯外，不可能有别的男人进来。那人既然看到她的动作，却直到如今都没有任何反应，说明对她没有恶意。

　　她镇定下来，提着烦琐的裙子后退一步，又一步，面上却换了一副惊慌失措的样子，她带着颤音抬高语调开口喊道："来人啊，有刺客！"

　　"来人啊，有……"呼喊声戛然而止。

　　一阵风声后，一双冰凉的手捂住了她的嘴唇，男子陌生的气息喷洒到她的耳后，那人声音听起来仍在笑："恩将仇报，真令我伤心。"

　　冯卿安本就体虚，中气不足，再加上紧张，她手心已经微微汗湿，根本没有多余的精力思考他口中的话语是何意思。注意到有巡逻的护卫朝这边走来的声音后，她紧紧攥住那字条，忽而狠狠张口咬住了他的手指，试图逼迫他松手。

　　血腥味蔓延开来。

　　那人一愣，似对她幼稚的举动颇有些无奈，轻笑着叹了一声，手指却躲也不躲，捂得更紧了些。冯卿安还未反应过来，便被他一个旋身带到了他刚才躺的树梢上。

　　那队巡逻的护卫估计并未听见冯卿安微弱的呼喊声，简单地巡查完这里后便离开了。

　　"啧，可惜。"他的手指依旧牢牢堵住冯卿安的唇，声音里却平添了几分懊恼，"看来并没有人听到你方才的呼救。"

　　话音落下，他调笑地望向怀中的冯卿安，却正好对上冯卿安清亮沉静得不可思议的眼睛，她全然没有了刚才的慌乱。

他长眸一眯,眼神颇有些玩味。不过须臾,他忽而一勾唇,带着冯卿安稳稳落地,松开了对冯卿安的桎梏,拱了拱手不卑不亢道:"公主。"

他果然知晓她的身份。

冯卿安理了理有些凌乱的衣服,抬袖拭去唇边的血,又恢复了惯常那副怯懦模样,她温婉地低眉浅笑"世子真是好雅兴。"

对面的男子身上穿着白日里那套绣着暗纹的黑色长袍,剑眉星目,俊美非凡。如若忽视掉他刚才的举动,当真是一副翩翩浊世佳公子的模样。

正是江微岚口中的淮照国世子许故深。

"世子深夜来此,若是被发现了,恐怕会惹人非议呢。"夜色中,冯卿安低垂着头,声音怯生生的,让人看不清表情。

许故深并不意外她知晓自己的身份,他脸上挂着一抹笑,视线停滞在自己渗出鲜血的手指上,淡淡道:"公主深夜与人私底下联系,若是被王上发现了,恐怕——"

冯卿安脸色一白,猛地一抬头。

许故深笑意陡然加深:"恐怕公主也不会好过。"

他在威胁她。

冯卿安紧紧盯着他看似含笑实则冰冷的眉眼,良久,她收起那副怯懦的姿态,笃定地勾了勾唇,这抹笑越发显得她容貌清丽无双,她微讶道:"深夜私会……世子,可是在说自己?"

她慢慢扬起手中的玉佩。

那古朴的玉佩上雕刻着淮照国特有的花纹和字体，仔细看过去，还嵌了一个小小的"深"字，一看就知道是他的贴身之物。

许故深微怔，盯着那熟悉的玉佩，颇为赞赏地拊掌而笑。冯卿安手中的玉佩正是他一直悬在腰间的佩饰，估计就是在刚才的一番动静之下被她夺了去。如若她将玉佩呈给冯执涯，他恐怕无论如何也洗不清这登徒子的罪名了。

"公主无须紧张，故深自然不会向王上禀报。"许故深含笑道。

"世子也无须紧张，卿安自然也不会冒这个有损自己清誉的风险，来举报世子你。"冯卿安浅笑着将玉佩向前一递。

许故深凝着那玉佩，淡笑着将她手一推："既然你能拿到，便送你了。"

冯卿安勉强抑制了自己将那玉佩丢掉的念头，她没有理由推开一个他国世子的示好，最重要的是，自己有把柄在他手中——他看到了自己与叶家的信件往来。

一旦他说出去，后果不可设想。

她笑了笑："多谢世子。"

"只是不知，世子深夜造访有何贵干？据我所知，这处只有女眷居住。"她掩唇一笑，话语里带着几分掩饰不住的讥嘲，"莫不是，走错路了？"

　　许故深玩世不恭地一勾唇："可不是走错路了！冯襄他们几个约我去喝酒，我没兴致，又推不了，便想着寻个安静的地方避避风头，好巧不巧，"他漆黑如墨的眼似笑非笑地望着冯卿安，"便撞见了公主殿下。"

　　"真是好巧。"冯卿安皮笑肉不笑，"卿安也差点误会了世子，将世子当成刺客。"

　　"好巧好巧。"

　　两人相视而笑，不再多言。

　　她与他的第二次交锋，以各持对方把柄各退一步告终。

　　但冯卿安心里明白，事情远没有这么简单。

　　离开之前，许故深脚步顿了顿，忽而淡淡丢下一句："你想逃，是不是？"他嘴角微微一翘，眼底划过一丝戏谑。说完不等她回复，他便利落地翻墙而出。

　　冯卿安张了张口，怔在原地。她手心汗湿，心脏也一寸寸冷下来。

　　经过这几年的忍耐，她自然不会冲动到再犯四年前同样的错误，没有缜密的计划便急急行动。

　　这处梨园乃至整个宅子的结构她并不熟悉，轻举妄动只会暴露自己，她怎么可能在这种时机下选择逃跑呢？又或者说，他看穿了自己与叶家传递信件的目的——她想逃。

　　不论如何，他这句话清清楚楚地道出了事情的真相，他四年前就知晓自己的身份，知晓自己的心思；四年后，他依然知晓自己的身份，知晓自己的心思。

他能以他国世子的身份融入盛燕国贵族高层子弟当中，当真是深不可测，不得不防。

刚一回到房间，便见还陵急匆匆从里头出来，一见到冯卿安他便急急走上前来，眼里是掩饰不住的担忧。

"奴才见公主不在房里，还以为……"他顿了顿才松口气继续道，"药已经煎好了，公主喝过药后便早些歇息吧。"

冯卿安胡乱点点头，僵着脸，也懒得向还陵解释些什么。

还陵抬眼看了看冯卿安，还想说些什么却又忍了下来，默默跟在她身后进了房间，看着她喝了药，才将一块冒着热气的毛巾递到她眼前。

冯卿安愣了愣。

却见还陵垂眼低声道："公主唇边有血。"

冯卿安一默，接过毛巾，静了片刻她才轻轻启唇，语焉不详道："还陵，你值得我信任吗？"

还陵微笑颔首，规规矩矩地说："还陵自然值得公主信任。"

冯卿安自嘲地一笑，换了一个称呼，温软的嗓音里带了些不容置喙的坚毅："还陵哥哥，你是我思卿殿的人。"

你是我思卿殿的人，不是他冯执涯身边的人。

还陵一顿，忽而跪倒在冯卿安脚边，深深叩首，一字一顿慎重道："还陵生是公主的人，死是公主的鬼，断不会背叛公主，背叛思卿殿。"

"好……我信你。"

见还陵这般识趣，冯卿安抬手让他起身，赏赐了些珠宝，让他出去歇息了。

她心里清楚得很，还陵不是傻子，况且又有四年前的先例，他不会再犯同样的错误。随着行动的开展，他定然会发现自己的异常。

她本就势单力薄，从未信任过任何人，只盼……还陵不要坏她的事才好。

就着微弱的烛光，她摊开那张早已皱巴巴的字条，细细看了起来。

上头虽然只有寥寥十几个字，可看完，她一颗惴惴不安的心却安定了下来。

此番在宫外，有了叶家的帮助，她定能顺利出逃。让她意外之喜的是，叶家传信人透露，奕州正是叶家所在之地。

她迅速将字条投入火苗中，看着它一点点燃尽，方才安心入睡。

◆ 第三章

相救

奕州天气极好，一扫路途中接连几日阴雨连绵导致的烦闷情绪。别苑里，冯执涯给冯卿安安排的住处很是雅致，周遭种满了果树，还有一处养了鲤鱼的小池塘，微风徐徐，轻轻漾起波纹，煞是好看。

这地方名唤"念卿阁"，名字里仍然嵌了一个"卿"字，与王都弦京盛燕王宫里的思卿殿遥相呼应。

江微岚则被安置在念卿阁旁边的一处小院里，虽然布置得没有念卿阁精巧，江微岚却毫不在意，还欢天喜地地笑言自己总算可以独享一整个院子了。

冯卿安这才想起，在盛燕王宫内，不比自己可以无拘无束地独居，江微岚是和别的妃子共享一处宫殿的。

冯卿安和江微岚一起吃过早膳后，便见冯执涯笑着推门而入。

"卿安。"

江微岚好久不见冯执涯，有些动容，赶忙搁下筷子起身朝冯执涯行礼。

"王上。"

冯卿安见她如此，自然不好意思继续坐着，便也起身行礼，礼才行到一半，便被冯执涯扶住，他佯怒道："跟你说了多次了，你身体虚弱，不必向我行礼。"

他看也不看身旁的江微岚，径直扶着冯卿安坐下，温声道："昨晚休息得如何？这几日舟车劳顿，你可有不适？"

他招招手，示意跟在身后的几个随行太医赶紧上前替冯卿安诊脉。

冯卿安乖巧地摇头："哥哥安排得很妥当，途中并无不适，昨晚休息得也很好。"

"嗯，那便好。"

等太医报完平安退下后，冯执涯手指在桌面上叩击了两下，他眯了眯眼，思忖道"既然身体没有大碍，不如明日随我去狩猎，如何？"

不等冯卿安回答，他便招了招手，手下的人便将一套精致的男装递到冯卿安眼前。

冯执涯亲昵地抚了抚冯卿安的长发："既然当初说好了是带你出来散心，断然没有让你整日待在房里的道理。后山空气甚好，狩猎完毕后，你可以挑几样喜欢的皮毛，差人做成围脖，冬日用来御寒再好不过。"

想着江微岚还在一旁，冯卿安稍稍避开他的接触，顺势起身将那套男装在身上比了比，见大小合适，她面露喜色，笑道："那卿安就恭敬不如从命了。"

冯执涯笑意更深："你喜欢就好。"

一旁一直默不作声被忽视的江微岚有些艳羡，试图让王上注意到自己，轻轻开口唤道："王上……"

冯执涯皱着眉扫了她一眼，有些厌烦她的不识趣。他压根记不起自己此番南巡带上了她，甚至记不起她的名字来。

冯执涯冷下脸来："没见本王正在与公主说话吗？怎么还不退下？"

江微岚被他的神情吓得瑟缩了一下，剩下的话语怎么也说不出口了。

冯卿安见江微岚面露沮丧，赶紧接过话头："微岚姐姐一个人待在这里委实无趣了些，况且哥哥不可能时时刻刻陪在卿安身边，不如让微岚姐姐也一起去，我们好互相照应。"

冯执涯冷冷扫了江微岚一眼，并不言语。

江微岚自然明白他这眼神的意思，身子抖了抖，勉强带上三分笑望向冯卿安："多谢公主好意，微岚身子不适，还是待在院子里休息，不去凑这个热闹了。"

话虽如此，她到底曾是个娇生惯养的濮丘国公主，几句话下来，早已经委屈得泪光盈盈了。

"嗯，如此最好，狩猎场不比盛燕王宫，并不适合你等女眷前去。"冯执涯话语间带着三分嫌恶，"你还是安守本分的好。"

听了这话，江微岚惊慌失措地张了张口，脸色惨白如纸，泪水如同断了线的珠子般坠落，她根本不知自己因何惹恼了这位喜怒无常的君王。

冯卿安知晓冯执涯心肠冷硬，不会因为她的泪水轻易改变主意，只好轻声安抚了江微岚几句，差还陵送她回去了。

还陵犹豫了一瞬，还是依言出去了。

看着江微岚离去的背影，冯卿安似有若无地轻轻叹了一声，只希望江微岚想开一点，不要一颗心全系在冯执涯身上才好。

狩猎之地是别苑的后山。

美其名曰狩猎赛，其实无非就是皇家子弟之间的纵情享乐罢了。无数林间的飞禽走兽都是他们眼中的猎物，猎多者得彩头。

可但凡冯执涯亲自参与，不论他是否有这个实力，其余人等都不敢跟他争这第一的位置。虽然得不到这彩头，却能讨得冯执涯的欢心，赛后，还能分得一些赏赐，何乐而不为呢？

冯卿安刚一下马车，便见不远处的冯执涯一身轻便的劲装，后背背着精巧的长弓和利箭跨坐在一匹威风凛凛的黑马上，这身装扮越发凸显得他眉眼冷厉阴郁。

围绕在他身旁的都是些年轻面孔，那日冯卿安看到的敢肆无忌惮说话的策马之人，都在其中。包括，许故深。

"王上，今日我可不会再让你，第一我势在必得！"那名为祝清蝉的女子意气风发地昂着下巴，大胆地跟冯执涯开着玩笑。

面对她的直爽，冯执涯并不恼怒，而是笑道："有本事你就来拿。"

听了这话，祝清蝉更是面露得意："还请王上手下留情。"

那个叫冯襄的男子嗤笑一声，大大咧咧毫不客气地戳破她："得了吧，年年都是王上拿第一，你这个千年老二别说让了，拍马都赶不上王上吧？"

祝清蝉一恼，长眉一皱，微不可察地瞟了一眼许故深，见他没什么反应，便驱使着身下的马儿朝冯襄靠拢，她手中的长弓俨然成了她的武器："就你会说好听的哄王上，王上，您别听他的！清蝉这段时间一直苦练箭术，就等着跟王上比试一番呢！"

许故深游离在几人之外，目光轻飘飘划过几人的面孔，他唇边挂着浅笑，并未出言参与这场嘴仗。他身下枣红色鬃毛的马儿也像极了主人，并没有躁动，反而在有一搭没一搭地吃着草。

冯执涯扫他一眼，不咸不淡道："怎么？故深不打算参与狩猎赛吗？还是说，不曾将狩猎赛放在眼里？"

其余人为了以示郑重，都穿着方便活动的贴身劲装，唯有许故深，仍旧是一袭宽松的锦袍，随意又散漫的样子。

许故深毫不慌张，不卑不亢地笑笑："王上知晓故深箭术不精，是争不到第一第二的，所以此番只打算尾随在王上身后，捡一捡王上射下的飞鸟，免得一无所获了。"三言两语下来，既捧了冯执涯，又表明了自己对他的忠心。

听起来颇有些无赖，却让冯执涯眉眼缓和了几分，他大笑道"你们几个无须如此谦虚，也无须让我，尽管全力以赴拿出你们的真本事来。"

许故深颔首轻笑着应允，下一瞬，他似有所察，迅速地偏头朝某个方向看去。视线凝固，他眉梢意味深长地一挑，朝那个方向露出一个倾倒众生的笑来。

"公主殿下。"

其余几人听了这声称呼，纷纷朝那个方向看去。

冯卿安穿着昨日里冯执涯送来的黑色男装，平时被珠钗缠绕的长发简单地高高束起，越发衬得她面容姣好，如清水芙蓉。这副不常见的打扮委实让人眼前一亮，比起英姿飒爽的祝清蝉，也毫不逊色。

冯执涯驱马上前，弯腰朝她伸手，眼眸深深凝着她，声音低哑道："卿安，你来得正好，这林间景致甚好，你随我一同去瞧瞧。"

身后几人皆神情一变，互相交换了个眼色。

除了许故深，其余人都是第一次见到这个传闻中的卿安公主，虽然早就听闻冯执涯极其宠爱这个妹妹，但宠爱到共骑一马的地步，委实不太合常理。

冯卿安一滞，有些没有料到冯执涯的举动，她本以为自己只会被安置到一个舒适的地方，静静等他们狩猎归来即可。

她刚打算找个借口推托，便见冯执涯身后的许故深策马上前，他似笑非笑地睨一眼冯卿安，这才朝冯执涯笑道："王上岂不是看不起我等？"

冯执涯一顿，神色暗淡下来："哦？怎么说？"

他语气稀疏平常带着几分玩笑之意："王上既然让我等全力以赴，可您却打算与公主共乘一马，如此，让我等怎敢全力以赴？即便夺了第一，也是王上有意相让。如果王上的意思是想让公主殿下感受一番狩猎之乐，何不让清蝉陪着她？清蝉马术很好，定能满足公主之愿。"说完，他再度居高临下地扫了一眼冯卿安，眼底戏谑一闪而逝。

冯执涯身后另外两人也策马上前，祝清蝉拉紧缰绳，利落地下了马。听了许故深方才的夸赞，她脸稍稍有些泛红，顺着他的话应道："王上，清蝉愿意陪在公主身边，照顾公主。"

一旁的冯襄也搭腔："您就让祝清蝉陪着公主殿下吧，免得祝清蝉在赛中碍手碍脚的。"

这句话惹得祝清蝉好一阵怒目而视。

见冯执涯沉默不语，冯卿安接过话头，柔声安抚道："卿安不愿打搅哥哥，比起看林间的景致，卿安更希望哥哥夺得第一。"

冯执涯终于松口，淡淡道："那卿安便跟着清蝉吧。"

又叮嘱祝清蝉几句，冯执涯才与许故深他们朝着山间策马而去。

祝清蝉很是友好，冲冯卿安咧嘴一笑，小心翼翼地扶着她上了马。见冯卿安有些紧张，她安慰道："公主别怕，这马陪了我好几年，甚至跟着我上过战场，很是乖巧的。"说完，她也翻身上了马，坐在了冯卿安的身后。

听了这话，冯卿安非但没有松懈，反而更紧张了，她暗自苦笑，这马上过战场，只怕更容易被激怒才对。

祝清蝉挥动着缰绳，"驾"一声，身下的马儿便慢悠悠朝他们离去的方向追了过去。越往深处，马儿的速度便越快，祝清蝉全然忘了刚才答应冯执涯的嘱托，全神贯注地注意着林间小兽的动向，时不时弯弓搭箭，对准林间。

这奕州别苑的后山不比王都弦京专供狩猎的园林，有专人跟在身后捡拾猎物。在这里，除了盛燕王冯执涯外，他们只能自行下马捡拾。但祝清蝉箭术极好，没一会儿工夫，马儿身上的囊袋便已经渐渐鼓起来了。

冯卿安有些不适应这马儿的速度，脸色越发苍白，却又不想扰了祝清蝉的兴致，见她再度射中了一只野兔，下马去拾，便抬高语调说："清蝉姑娘，不如我在此等你，等你狩猎完毕，再来此处接我，可好？"

祝清蝉愣了愣神，明显对这个提议动了心，她思忖着这块地域早已被巡查过无数次，并没有大型野兽，不会有什么危险，便爽快地说："那就多谢公主体谅了，等我再猎上十多只，再来接公主殿下。"

她刚打算走过去扶冯卿安下马，却忽然神色一变。她目光紧紧盯着冯卿安身后，面色冷凝，慢慢取箭拉弓："公主不要动。"

看她如临大敌的反应，冯卿安吓得浑身僵直，她缓缓回过头，正好看到身后的丛林间伏着一只小野狼。它体形并不大，藏身在半人高的草丛里极难被发觉。

小野狼想必是头一回见到人，它猛地一龇牙，迅猛地朝马儿扑过来，也就是在这一瞬，一支雪白的箭穿透了它的头颅。

祝清蝉刚刚松了口气，正打算出声安抚冯卿安，却不料马儿突然受惊，朝着上空嘶鸣一声后，驮着冯卿安急速朝前奔去。

祝清蝉望着马儿离去的方向，手中长弓吓得骤然脱手。她顾不上看那只已经死透的小野狼，满眼都是掩饰不住的恐惧，低声喃喃道："完了……"

两边的树林飞快地朝后退，马儿的速度却丝毫没有减缓的意思，冯卿安抓紧缰绳，伏在马背上，她在短暂的惊慌后慢慢冷静下来。这马以这种速度继续跑下去，在没有人能阻止的前提下，结果无非是撞树身亡。现在没有人能救她，她只能自救。

马身忽然剧烈地颠簸了一下，她当机立断做出决定，看准一处柔软的草丛，松开缰绳径直跳下马。

没有预想中的疼痛袭来，她仿佛跌入了一个温暖的怀抱，紧接着耳边响起了一声绵长的叹息。

冯卿安一惊，猛地睁开眼，映入眼帘的正是许故深的脸。

他眉头蹙着，眼睫微微颤抖，漆黑的眼眸一眨不眨地注视着压在他身上的冯卿安。冯卿安一恍神，这才发觉他瞳色极深，千万种情绪都被掩藏在其中，让人看不清他在想什么。

不知过了多久，他蓦地展眉一笑，低低的嗓音像在自言自语："果然还是这般耐不住性子。"

冯卿安愣怔了一瞬，脸上飞起一抹红晕，飞快地从他身上爬起来。这才发觉，她的头发已经散开，瀑布一般披散在肩头，脚踝也崴了一下，钻心地痛。她扭头一看，刚才骑的那匹马儿正停在不远处，与许故深所骑之马并排站在一起，它的腿部中了一箭，想必就是这一箭让它速度渐渐缓下来的吧。

许故深也将视线投向那受伤的马，他清楚得很，那是祝清蝉的马，出了这种变故，她恐怕不好在冯执涯面前交代，思及此，他微微一凝眉。

　　见冯卿安不说话，完全没有感谢他的意思，许故深轻笑着朝她伸出一只手，意味深长道："公主殿下，你就这么对待你的恩人吗？"

　　"恩人？"又是这两个字。

　　冯卿安皱眉冷言冷语道："你那一箭莫不是要那马生生将我甩下来？"

　　许故深失笑，他一弯唇，声音里竟带了些温柔的意味："你选择跳马和被马甩下来，又有何区别？更何况，我这不是及时救了你吗？"

　　见冯卿安还是不动，他微微一叹，单手搭在挺拔的眉峰上，自我调笑道："啧，没想到我人品居然差到了如此地步，本想找个静谧的地方偷偷懒，却不想再次撞见公主殿下。现下里，我好心救了公主反倒遭到嫌弃，真是好心没好报。"

　　冯卿安再度回过头去，见他囊袋里果真空空如也，的确没有像祝清蝉一样费心费力狩猎。

　　冯卿安看了他一会儿，还是拉住他的手，将他搀了起来。她心底有些恼怒，觉得自己定与他八字不合，只要碰上他，总有些沉不住气，将掩饰了很久的伪装忘了个干净。

　　许故深也望着她，收起笑容借力缓缓站起身，他神色不动，脸却白了几分。她跳下马的冲劲很大，再加上他身后还背着弓箭，猛烈撞击到地面的确摔得够呛。

想到这里，冯卿安动作轻柔了些许。

见她没有大碍，许故深缓缓行至自己的马儿身旁，将自己的囊袋取下来，转头对冯卿安笑道："既然公主无事，那故深便将这马留给公主，公主骑马顺着这条大路即可下山。"说完，他便转身头也不回地离开，看样子并不打算与冯卿安有过多的牵扯。

冯卿安望着他的背影一抿唇，喊道："喂！"

许故深没有反应。

冯卿安咬牙，再度喊道："世子！"

许故深脚步一停，回头。他口气讶异，眉眼里却俱是笑意："公主可是在唤我？"

明知故问！冯卿安心底越发气恼。

"我不会骑马。"她镇定地说。

许故深的马比祝清蝉的马要温驯许多，慢悠悠的模样和他的性子很是相似，当然，前提是他的性子真的就像他所表露的那样。

见马儿走得缓慢，冯卿安有些焦虑："清蝉姑娘估计还不知道我已经获救了。"

身后的许故深漫不经心地淡淡道："与我何干？"

祝清蝉显而易见地倾慕于他，他却是如此态度。冯卿安一默，心底发冷，还是道："倘若哥哥知道了，恐怕清蝉姑娘会受到牵连。"

"王上大抵已经知晓了。"许故深言笑晏晏，他目光凝视着远方，漫不经心道，"已经有人赶来了。"

但很快他的笑容便收敛了，眉头一蹙，声音凉下来："不是盛燕王的人。"

那渐渐靠近的声音轻微且井然有序，毫不慌乱，听起来有十余人之多。如若是盛燕王冯执涯安排来寻冯卿安的人，步子定然不会是如此。

冯卿安还未来得及发问，许故深便已经径直掉转了方向，策马往反方向走。

冯卿安凝神听着身后的动静，犹自惊疑未定"我们去哪里？"

许故深仍有心思开玩笑："公主想去哪里，我们便去哪里。"

冯卿安自然不信他的话，冷哼一声："你怎知我想去哪里？"

"我虽不知道公主想去哪里，却知道公主不想去哪里。"许故深低低一笑，慢悠悠道。

冯卿安顿了顿，目视着前方，面上却带了丝讥嘲的笑："真是巧了，我知道的，恰恰和世子相反，我虽不知道世子不想去哪儿，却知道世子想去哪里。"

"哦？"许故深来了兴致，"公主说说看，我想去哪里？"

"淮照国。"冯卿安缓缓启唇。

　　许故深一默，他猛地一扬缰绳，身下的马儿便疾驰起来，朝着树林深处而去。

　　林间温度比大路要低一些，光线也暗了几分，树与树之间的间隙越发狭窄，可那马儿却很是灵巧，穿梭自如。

　　不知过了很久，马儿停了下来，许故深翻身下来，他面无表情定定地看着冯卿安，朝她伸出手："还能走吗？"

　　冯卿安的脚一落地，却是一阵钻心的痛，她勉强忍住，朝许故深点点头。

　　许故深望着她，表情不知是叹是笑，他弯腰示意冯卿安上来，冯卿安也不扭捏，径直趴在了他背上。

　　"是什么人在追我们？"冯卿安问。

　　"敌人。"许故深答。

　　见冯卿安蹙眉不语，许故深淡笑着补充："想让我死在盛燕国，永远回不了淮照国的人。"

　　冯卿安一凛。

　　他说得轻描淡写，仿佛并没有将这群所谓的敌人看在眼里，又或者说，他已经习惯了面对一批又一批的刺客。

　　但事实上，倘若今日有一点点松懈，他与她都会命丧于此。

　　但即便是弃马，刻意掩饰前行的路线，那群人还是很快追了上来，他们明显比许故深更加清楚这座后山的地形，做好了充分的准备。

听着身后越发紧凑的声音，从未经历过如此情况的冯卿安有些慌了，下意识喊他的名字："许故深——"

"公主。"他沉声应道，"公主勿慌，我在。"

他唇边仍旧挂着惯常所见的散漫笑容，语气听起来也并没有什么诚意，可却让冯卿安下意识觉得安心。

"今日是我拖累了公主，抱歉。"

冯卿安摇摇头，又意识到他看不到自己的动作，冷静地说："你救我一次，拖累我一次，权当抵销了。"

许故深闻言愣了愣，失笑："我救公主的，可不止今日一次。"

话音还未落，树林里一阵簌簌作响。许故深唇边溢出一丝冷笑，看也不看那些动静，飞快地四下打量，寻了个能暂时藏身的死角，小心翼翼地将背上的冯卿安放下来，再将自己随身携带的一把精巧匕首递到她手里。

"还能走吗？"他再次问道。

一番奔波下来，冯卿安头昏眼花，身子也有些摇摇欲坠，她扶着粗大的树干咬牙点点头，逼迫自己不将软弱的一面表露出来。

许故深如何看不出她的掩饰，他兀自一笑，随即弯弓拉箭绕出这个死角果断朝前方后方射去。几箭下来，前方后方均传来几声闷哼，那看不见人影的敌人自树上跌落下来，这一变故暂时逼退了他们的步伐。

许故深这才得空再度侧眸看向她。

"他们是冲我而来,并不知晓你的存在,你自己小心。"他笑了笑,再度叮嘱道,"小心。"

短短一句话,冯卿安却已经明白了他的意思——

他想让自己独自逃走。

"好。"冯卿安毫不犹豫地点头。

她不问许故深箭筒里仅剩最后一支箭,该如何自处,也不问他在重重围攻下,该如何脱身?而是待他走开,引着那些人离远了些,便果断地矮下身子找准一个方向跌跌撞撞地跑去。

许故深是否会丧命她并不关心,她只知道,她不想死也不能死。

余光注意到冯卿安果真头也不回地弃自己而去,许故深哂笑一声,不再理会她。他将手中已经没有用处的长弓丢开,漫不经心地抖了抖衣袖,将箭筒里最后一支箭抽出来,在掌心细细把玩。再度抬眼时,他面上带上了几分温和的笑意:"怎么?今日他居然舍得派手底下最为得意的影卫来了?"

话音刚落,不知从哪里冒出几个黑衣黑面罩的男子来,他们对视几眼,为首的那个人朝许故深微微一拱手,恭敬道:"五殿下。"

明明是来取他性命,却还如此客套,果然是他四哥能做出的事情。

许故深忍不住扑哧一笑。

当今淮照王一共有五子，许故深是年龄最小的那一个。

大殿下许栖德才兼备，深受淮照王喜爱，小小年纪便被立为太子，可惜四年前死在了盛燕王宫内；二殿下无心政务，整日里花天酒地，并不受淮照王重视；三殿下身有残疾，有心无力；大殿下一死，太子之位最有可能便是落在向来沉默寡言文质彬彬的四殿下手里，只可惜，四年来，淮照王对立太子之事绝口不提。对四殿下而言，唯一能对他势在必得的太子之位构成威胁的，便是远在盛燕国为质的许故深。

因为，淮照王已经隐隐有了让他归国之意了。

"啧，不远万里也要来除我这颗眼中钉——"许故深目光在前方几人面罩上轻飘飘一扫，手中长箭啪的一声折为两段。他眼眸半眯，神情蓦地一凉，"四哥莫不是，太看得起我了？"

对面之人看着他不急不缓两手空空的样子，越发如临大敌，他们有些犹豫着不敢近他的身。

因为他们知晓，眼前这个不显眼不受宠的五殿下许故深，八年前为了讨好盛燕王冯执涯，被淮照王送到盛燕国为质的许故深。

最为擅长的，是使毒。

◆ 第四章

我们都不是同类人

后山脚下，随着时间的推移，参加狩猎赛的人已经陆陆续续回来了，可冯执涯的脸色却越来越难看。

他在狩猎途中听了手下人禀报，这才得知冯卿安遇险。他丢开手中猎物，急急返回山脚下的营地里，安排人手去寻她。可太阳渐渐下山，却依然没有她的消息。

这片后山很大，山峦连绵起伏，供他们狩猎的区域只占其中十分之二，倘若冯卿安被马带去了其他地方，则很难寻到她的踪迹。

奕州别苑里一手安排此次狩猎赛的主事跪在冯执涯脚下抖如筛糠，生怕冯执涯怪罪于他。他对此次狩猎区域进行了反复的排查，确保不会有大型野兽出没，却怎么也没料到此种状况的发生。

冯执涯平静地看了一眼一言不发蹲坐在地上的祝清蝉，眼神越发阴鸷了几分。他唤人将他的马牵过来，淡淡道："本王亲自去寻卿安。"

候在冯执涯身旁的冯襄有些急，他自冯执涯继位起就伴在冯执涯左右，何尝不明白，此时的冯执涯已经愤怒到极点，谁人的劝都不会听。但他还是上前虚拦了一下："王上，天色渐晚，现在上山，恐怕不安全啊。"

那跪在地上的主事吓得颤颤巍巍地磕头："王上是盛燕国之主，为了盛燕国，切不可……切不可……公主一定不会有大碍的……"

"哦？"冯执涯冷冷看着他，"即便你能保证这山上是安全的，但你能保证失控的马不会摔伤卿安吗？"

字里行间明显是在指桑骂槐地责问祝清蝉。

冯襄瞟了祝清蝉一眼，替她担忧不已，现在看在祝将军的面子上，王上尚还没有怪罪下来，但公主若是真出了事，王上定然不会轻饶她。

祝清蝉脸色煞白，讷讷着说不出话来，倘若冯卿安出现一丝一毫的差池，不止她，连她的父母家族也会遭到牵连。

她父亲是当朝威名赫赫的武将，常年征战四方，四年前蛮夷在边界犯乱，也是由她的父亲带兵平定的。冯执涯这几年来一直倚仗她父亲，倘若因为自己的过失，导致父亲遭了无妄之灾，那她……

是她不该罔顾王上的嘱托，一心想要夺得狩猎赛的第一。

她打定主意咬牙站起身，坚定地看着冯执涯，一字一顿道："王上，是清蝉的错，清蝉一力承当，请王上少安毋躁，清蝉定会将公主完好无损地带回来。如果……如果公主殿下有任何闪失，清蝉便以死谢罪。"语毕，她不等冯执涯说话便大胆地跨上原本为冯执涯准备的马，挥动缰绳朝山上而去。

冯襄更急了："哎……祝清蝉！"

冯执涯并未差人阻拦她，而是抿紧嘴唇看着她策马而去的背影，眸色一寸寸加深。

良久，他缓缓开口："让她去。"

不知走了多久，冯卿安脚步渐渐慢下来。

树影绰绰，而她心跳如雷，呼吸紊乱，浑身上下一丝力气也没有了，但她还是紧紧攥着许故深交给她的匕首，好像只有这样，才能给她安全感。

她不是没有想过借此机会脱离冯执涯的掌控，却又担心殃及祝清蝉等人。而且这里没有接应之人，临时通知叶家定然来不及，她势单力薄，在这危险重重的地方，极可能遭遇不测。冯执涯此时定然已经知晓了她失踪的消息，肯定在到处寻她。几番思量之后，她觉得现在不是适合逃走的好时机，索性放弃了这个念头。

天色渐暗，前方树林逐步开阔起来，冯卿安终于隐隐约约看到之前进入树林的主干道，她松了口气，心头一喜，强忍着脚部传来的剧痛，强撑着身子朝那个方向而去。只要顺着这条大路走，即可下山。

刚刚迈出一步，便听到身后一阵急促的风声，紧接着一根冰冷的绳子扼住了她的喉咙，带着她一退再退，陌生嘶哑的声音自她头顶响起："终于让我找到你了……五殿下的女人。"

那男子说话有些喘，气息不稳，像是受了不轻的伤，说话间，他谨慎地四处张望，好似身后有人追逐。

冯卿安一顿，从短暂的惊恐中回过神来，她手指往袖子里藏了藏，目视着前方冷静道："我不认识什么五殿下，你认错人了。"

"认错人了？"

那陌生的男子笑了，手指更加用力，扼着的绳子越收越紧："刚才五殿下所背之人可不就是你？宁可暴露自己也要护你周全，想必是很重要的人。"

很重要的人？冯卿安觉得好笑。

却见那男子目光一凝，嗤笑一声，抬高音量道："五殿下，您说是不是？"

他挟持着冯卿安缓缓转过身，他口中的"五殿下"许故深正好端端地站在不远处，许故深看起来毫发无损，从容得很，只是脸色稍微有些泛青。

也不知他是如何从数人的围攻中脱身，甚至于反攻到对方仅剩一人的。

见那男子制住了冯卿安，许故深眉头一蹙，眼眸深深望着她。下一刻，他双手抱胸似无奈似好笑地叹了一声，压根没有过来救她的意思。

"啧，动作真慢。"

冯卿安狠狠瞪了他一眼，想出言讽刺几句，却苦于喉咙被扼制住，发不出声音来。

那男子不耐烦了，哑声道："五殿下如若想要救这女子性命，便速速……"

"救？"

许故深更加不耐烦，一挑眉，坦诚地打断道："她是盛燕王冯执涯的妹妹，盛燕国的公主，和我可没什么关系，你恐怕——"他言笑晏晏地再度望向冯卿安，"要挟错人了。"

冯卿安心一凉。

"盛燕国的公主？"

那男子一愣，颇有些惊诧，他本以为冯卿安是许故深带在身旁受宠的小妾。

他强撑着身子勉强低头打量了冯卿安一眼，见她长发披散，一身男子打扮，经过几番波折，华贵的衣服已经辨不清原本的颜色，他有些不信："五……咳，五殿下开什么玩笑？盛燕国公主怎会出现在男宾众多的狩猎之地？就算她真是盛燕国公主，那五殿下身为盛燕王的座上宾，更是不能见死不救吧？"

他狞笑着五指发力，绳子深深勒进冯卿安的皮肉里。冯卿安逐渐不能呼吸，原本苍白的脸色迅速涨红，大脑嗡的一声，瞬间一片空白，从未离死亡如此近。

可许故深仍旧面不改色地立在原地冷眼旁观，神情没有丝毫变化。

等冯卿安脸色由红转为惨白，几乎要昏迷过去时，许故深才不急不缓地开口："你可要想清楚了，你们此行的目标是我，在盛燕国的地域，额外误杀了一个盛燕国公主，就不怕盛燕王知晓了真相，来找你家主子的麻烦吗？"

闻言，那男子动作一滞，果真放松了对冯卿安的桎梏。

许故深眉头稍稍一松。

冯卿安得了片刻喘息，身子瘫软在地咳嗽连连，许故深却看也不看她，继续慢悠悠道："如果你家主子知晓你犯了如此愚蠢的错误，也不知会如何奖赏你？"

那男子心下焦虑，大汗淋漓，呼吸越发急促，他勉强稳住身形，阴鸷的目光仍一眨不眨地牢牢盯着许故深。缓了片刻，他再度不留情地将虚弱的冯卿安拉起来，丢开绳子，手指按在她的要害处。

他寒声道："五殿下真是说笑了，说到底，五殿下还不是看重这位所谓的公主，怕她真的死掉？少废话，快……快将解……"他再也说不出剩下的话语来。

变故骤起。

面上始终噙着淡笑的许故深脸色一变，眼睁睁看着对面那男子不可置信地扭头瞪向冯卿安，但下一瞬，他便控制不住身体，直挺挺倒在了地上。

他的前胸处插着一把匕首，正是这把匕首要了他的命。

冯卿安虚脱般跌坐在地，她理也不理许故深，兀自捂住喉咙咳了很久。等气息慢慢平复，她才爬至那尚有余温的尸体旁，小心翼翼将匕首拔了出来。

她虽是第一次杀人，第一次见到尸体，可却没有多少胆怯害怕的情绪，心底反而涌出一种畅快淋漓之感。她自认为不是什么良善之辈，谁若要害她，她便要十倍百倍反击回去。

鲜血涌出的那一瞬，冯卿安退开几寸远，目光却在那尸体脸上停了停。他的上半张脸上覆盖着精致的铁质面具，下半张脸却呈现出异样的青紫色，看样子像是中了什么毒。

估计这也是她能趁其不备一击即中的原因之一。

想到这里，她眉头一皱。

前方传来一声轻笑，打断了她的思绪。

　　见她出手杀人如此果断，许故深愣怔了一瞬后，很快反应过来，赞赏地拊掌笑道："公主好胆量。"

　　"不比世子有勇有谋，能这么快全身而退。"冯卿安说。

　　冯卿安视线从尸体上移开，朝许故深的方向看过去，她眉梢一挑嘴角一弯，唇边漾出两个梨窝来，眼眸也清亮透着不多见的神采，看得许故深有些微微恍神。

　　她含笑柔声细语继续道："多谢世子多次救命之恩。"

　　许故深回视着她，他当然听出了她的反讽，脸上笑意陡然加深："公主客气了，都是故深应该做的。"

　　他暗自运气，感觉周身的酥麻感渐渐退却，这才勉强提步朝冯卿安的方向走去。

　　他虽然成功以随身携带的毒物解决了那几人，却因为事发突然，解药吃晚了，身体反噬得厉害，一时半会儿动弹不得。

　　他本不在意那人自他手中脱身，却又忽然想到冯卿安可能还在林间。若不是为了斩草除根永除后患，避免他们两人撞见，他也不至于勉强提气，强行冲破解药在自身的循环，径直循着那人的方向追了过去。

　　可惜还是晚了一步，他不得已僵在原地，动弹不得，只能选择拖延时间。

　　这其中种种，他并没打算向冯卿安言说，而是云淡风轻地走过去扶起冯卿安。在经过那尸体身旁时，他袖子随风而动，自里头倾洒了些白色粉末状物体出来。

他弯腰颔首，漆黑的眼打趣一般审视着她，随即弯唇一笑，温柔道："走吧。"

"他的尸体怎么办？"虽然累极，脑子里一片纷乱，冯卿安还是谨慎地问了一句。

她并不想让冯执涯知晓自己杀过人。

许故深睨她一眼，看穿她的心思，慢悠悠道："不必担心，他们迟迟未归，自然会有接应的人来处理。"他语气放轻，意味深长地低喃，"久居深宫的病弱公主怎会出手杀人呢？此事，天知地知，你知我知，王上……定不会知晓。"

冯卿安一默，对他的笃定有些不敢相信。如果真的有接应之人，那他们为何不早早现身呢？那接应之人千里迢迢来盛燕国，便只是为了处理尸体？

许故深心思很深，她不敢再细想，只好姑且信了他的话，将一直攥在手中的匕首推到他怀里："还你。"

许故深笑笑，将其收起。

杀人利器脱身，冯卿安这才稍稍安心。即便是冯执涯的人发现了尸体，也未必会猜测是她所为。

林间已经彻底暗了下来，两个同样虚弱的人好不容易才走出这林子，返回了大路。

许故深的马正候在不远处吃草，许故深以手抵唇吹了声口哨，它便聪敏地朝他们跑过来。

正要扶冯卿安上马，冯卿安却停了下来，并没打算立即上马。

"你之前说，将马留给我，是不是？"冯卿安平静道。

许故深眉梢一挑，瞬间明白了她的意思："是。"

"那好。"冯卿安冲他温柔一笑，"男女授受不亲，卿安毕竟与世子身份有别，共骑一马委实不方便。既然世子将马留给卿安，那卿安便不跟世子客气了。"说完，她朝许故深伸出手，示意他扶自己上马。

许故深眼眸半眯，嘴角一勾。

他清楚得很，她不信任他，不愿和他待在一起。只是，之前倒不知晓她如此伶牙俐齿。

"公主不是不会骑马吗？"他似笑非笑。

冯卿安还未上马便有些摇摇欲坠，倘若独自骑马，保不准会不会摔下来，但她还是淡淡道："相比是否会从马上摔下来，还是世子的声誉更重要些不是吗？恐怕世子也不想被人撞见和我共骑一马吧？"

许故深一顿，轻笑："公主无须多想，故深只不过是担心公主罢了。"

他语气一贯散漫，即便说出口的是关心的话，冯卿安也并不当真，她轻轻嗤一声，心底对他的反感又加重了几分。

刚刚扶着她上了马，远远地听到几声叫喊，以及一阵急促的马蹄声。

"卿安公主！卿安公主！"

冯卿安一愣，是祝清蝉的声音。

远处几点火光渐渐靠近，领头的祝清蝉也瞧见了冯卿安的身影。冯卿安正在身旁之人的搀扶下下马。

冯卿安隐隐有些排斥许故深接触自己，因为她始终摸不准他反复多变的态度，这是一个极其危险的信号。

许故深很快注意到了她身体的僵硬，他忽而弯唇一笑，反而更靠近了她几分，轻声道："公主，可是怕我？"

他这个人委实很是奇怪，明明眼里没有半点温度，脸上却总是挂着笑意。

冯卿安别开脸抿唇不答他的话，看着前方的祝清蝉离这个方向越来越近。

在确认了冯卿安无恙后，祝清蝉一喜，先是招呼身后之人赶紧将消息告知冯执涯，紧接着利落地跳下马跑到冯卿安跟前，上下打量她："卿安公主，你还好吧？有无大碍？"

但很快她便瞧清了冯卿安身旁那人，本以为只是先她一步找到冯卿安的侍卫，不料，居然是许故深。祝清蝉神情一变，有些不明白他怎会与冯卿安在一起，还如此亲密地搀扶着她，看样子像是非常在意冯卿安。

她心情复杂地默默喊了一声："故深哥……"

许故深"嗯"一声，并未过多搭理祝清蝉，而是一直低头盯着冯卿安，眼神里罕见地带了几丝不多见的情愫。见她脸色越来越糟糕，他忍不住眉头一蹙，却没多说什么。

直到祝清蝉朝她走近，一直紧绷着身子的冯卿安这才放下防备松懈下来，她再也按捺不住翻涌的疲惫感，合上眼，径直跌入祝清蝉怀里。

"清蝉……"

冯卿安并未完全昏迷过去，祝清蝉带着她返回营地时，她便已经彻底清醒过来了，脖子和脚踝都痛得厉害，实在无法安眠。

一看到冯卿安的样子，冯执涯脸色瞬间变得铁青，他急忙唤来早早候在一旁的太医给她查看伤口。

大帐内简单地安置了一张小床。太医给她敷过药后，冯执涯替冯卿安掖了掖被角，蹙眉低声道："怎么伤成这个样子？"

冯卿安摇摇头，安抚地笑笑："哥哥，卿安只是受了些小伤，没有大碍的。"

"没有大碍？"冯执涯眉眼冷却下来，手指旁若无人地抚上她的脖颈，慢条斯理道，"那你脖子上怎么会有勒痕？这马还会掐人不成？"

他一顿，语气发寒："是谁干的？"

冯卿安毛骨悚然，她眼神闪烁，余光注意到立在不远处的许故深并无动静，便慢慢坐起身。

冯执涯眉头紧皱，往她身后塞了一个枕头，心疼道："起来做什么？你该好好休息才是。"

冯卿安虚弱地朝冯执涯摇摇头："哥哥，马受惊实属突发事件，卿安是头一回骑马，那马疯了一般速度极快，卿安无知无觉地伏在马背上，生怕跌落下来，可不知怎的缰绳缠在了脖子上，卿安挣脱不了，反而越缠越紧。"

她泪光盈盈地望向许故深的方向，感激道："多亏遇到世子，世子舍身相救，这才解救了卿安……不然卿安恐怕见不到哥哥了。"

许故深见她这副故作温顺的模样，也不戳穿她，而是微微一笑，顺着她的话冲冯执涯正色道："王上，故深定不能眼睁睁看着公主遇难，这是故深应该做的。"

见他说得这么义正词严，冯卿安微不可察地扯了扯嘴角，想起他见死不救的姿态，心下越发恼怒，却又表露不得。

冯执涯默默听着他们两人的话，神情淡漠，眼神平静无波。他向来多疑，也不知这番说辞他信了几分。

良久，他才牢牢盯着许故深的眼，开口道："既然如此，那为何我的人迟迟寻不到你们的踪迹，你们去哪里了？"

许故深不急不缓地应道："故深循着公主的马追了过去，不想误入深林，故深不识路，不敢与公主共骑，便让公主上马休息，一直牵着马寻找出来的路，这才动作迟缓了些。"他知晓冯执涯不喜自己与冯卿安独处，三言两语便撇清了自己。

他含笑扫了祝清蝉一眼："祝姑娘赶来时，我与公主正好刚从林间出来。"

冯卿安也望向祝清蝉："清蝉姑娘来得很是及时。"

对那场追杀他们默契地选择了闭口不提，说出来，不论是对许故深还是对冯卿安，都毫无益处，甚至会引来冯执涯的猜忌。

一直默默听着的祝清蝉一颤，倏地抬眼看向许故深的侧脸，她嘴张了张，终归还是说："清蝉寻到公主时，的确是看到公主骑在马上，世子牵着马……很是……很是守规矩。"

她也不知道自己为何要替许故深解释，虽然她看到的的确是如此，但她却不敢确定——

她不是傻子，她不知道许故深和冯卿安究竟经历了些什么，却亲眼看到了两人疲惫交织的样子，他们的神情和举止不像是刚刚找寻到出路，反而更像是，死里逃生。

正是此时，外头有人来报，终于在树林深处找到了受伤的马，它后腿中了一箭，正慌乱地在深林里跑动。虽然不能证明发现马儿的地方就是许故深救冯卿安的地方，但这讯息还是隐隐佐证了许故深口中所言。

冯执涯面无表情地听着，他看也不看许故深，又扶着冯卿安躺好，这才道："害你变成这副样子，是哥哥的错，哥哥不该让你来这里。"

冯卿安摇头："不关哥哥的事，是我自己不小心……"

冯执涯淡淡打断她："嗯，哥哥自然会替你做主，追究到底。"他狭长的眼眸眯起，冷冷扫一眼祝清蝉。

祝清蝉倏地跪倒在冯执涯脚下，她脸白如纸，却字字掷地有声道："清蝉一人做事一人当，绝不牵连任何人。"

冯执涯垂眼看着她"倘若我想牵连其他人呢？你待如何？"

祝清蝉一抖，咬紧牙关，猛地冲冯执涯叩首，冲动道："害得公主受伤，是清蝉疏忽所致，与清蝉的父亲无关，希望王上看在父亲为了盛燕国鞠躬尽瘁的分上，不要牵连父亲！"

她这话直白得很，更加惹恼了冯执涯。

冯执涯怎会听人威胁，他凉凉勾唇，讥嘲道："哦？祝将军可是养了个好女儿。"

冯卿安察觉出冯执涯的怒意，她目光自冷眼旁观不打算插手的许故深身上掠过，最后落在倔强的祝清蝉身上，她忍不住扑哧一声笑出声来。

"卿安笑什么？"冯执涯微一皱眉。

"卿安只是不明白，为何哥哥和清蝉姑娘要这么严肃，明明卿安没有什么大碍，只是崴了脚而已。况且，这件事明明不关清蝉姑娘的事。"

祝清蝉惊讶地抬眸。

许故深倒是若有所思地笑了笑。

冯卿安浅笑道："卿安不知晓清蝉姑娘是如何和哥哥解释的，可能是将全部责任揽在自己身上了吧，但事实上，清蝉姑娘一直很用心地在保护卿安。是因为卿安贪玩，擅自拿了清蝉姑娘的弓箭，一时侥幸射中了一只兔子，清蝉姑娘下马去替卿安捡拾，卿安这才控制不住那马，让马受了惊。说起来，卿安还要感谢清蝉姑娘才是，满足了卿安的心愿。"

几句话间，便将祝清蝉自顾自狩猎，罔顾她安危的事情瞒了下来。此时的她从未想过，她这一举动，能在很久很久以后，对她助益良多。

眼下，祝清蝉对她感激不已："公主……"

冯执涯细细打量冯卿安的表情，见她并无怨懑，这才渐渐舒展眉头，道："既然如此，那便算了。"

冯卿安暗暗松了口气。

祝清蝉又惊又喜，再度叩首："多谢公主，多谢王上。"

冯执涯淡淡"嗯"一声，不欲继续这个话题。他驱散了大帐里多余的这几人，招手唤来了身边的侍从，自顾自朝冯卿安道："哥哥替你猎了几只白毛狐狸，毛色都很不错，你挑一挑，看有没有喜欢的。"

……

走出大帐，许故深轻舒口气，他没有与祝清蝉交流的意思，径直朝一直等在外头的冯襄走去。

倒是跟在他身旁的祝清蝉忍不住开口了："王上……好像很在意公主殿下。"

许故深眉梢微微一挑："那又如何？"

祝清蝉有些急，又追上前几步，眼底透出一丝依赖和爱慕，低声道："我只是想提醒你，你还是不要与公主过于亲近才好，你们不是同一类人。"

许故深倏地笑了，他脚步一停，眼眸深深望着祝清蝉，轻声重复道："不是同类人？"

祝清蝉被他这眼神看着，忍不住脸一红。许故深本就样貌出众，加上他漆黑深沉的眼，他随便一瞥，便能让人怦然心动。

许故深含笑的眼冷却下来："那劳烦祝姑娘莫要忘了，我许故深是淮照人，终归是要回淮照国的。"

他冰冷的手指亲昵地擦去她额发上沾染的灰尘，低低道"恐怕与姑娘，更加不是同类人。"

祝清蝉一愣，怔怔看着许故深离去的冷漠背影，有些气恼地哼了一声，终归还是不甘心地追了上去。

返回念卿阁时，已是深夜，一直留在阁中的还陵看到冯卿安这副模样吓了一大跳。

他小心翼翼自马车里将冯卿安扶下来，话语间流露出些许心疼："奴才早就听闻了公主失踪的事情，恨不能……"他敛眉注视着地面，不让自己的情绪过多泄露，"公主快快去歇息吧。"

冯卿安看他们个个都忧心忡忡如临大敌的样子有些好笑，她拍拍还陵的手，调侃道："放心吧，我没那么弱，只要死不了，就不算什么大事。"

见冯卿安经历了这么多糟糕的事情，仍心情不错的样子，还陵更加疑惑，他顿了顿才轻声道："奴才好久不见公主这么轻松地笑了。"

"是吗？"冯卿安笑容越深，"终于快离开这牢笼了，能不轻松吗？"

还陵一愣："什么？"

冯卿安再度付之一笑："无事，进去吧。"

◆ 第五章

逃离牢笼

在还陵无微不至的照料下，在床上休养了一阵后，卿安终于缓了过来，身上大大小小的伤口都好得差不多了。

她与叶家约定之日也越来越近，她焦虑又欣喜。

前几日，冯执涯时常会来念卿阁看望她，往往一待就是半个多时辰，陪着她用膳聊天。冯卿安无法强行赶他走，只好强忍着心底越发强烈的不适。她与冯执涯独处怕落人口实，再加上她有意撮合冯执涯与江微岚，所以只要冯执涯一来，她便让还陵去唤江微岚过来。

冯执涯口头上虽然没说什么，却拿江微岚当成隐形人对待，对她冷漠得很。渐渐地，江微岚即便再迟钝也反应过来了，冯执涯不喜欢她，她便不肯来了。

083 | DAMENG CHANGGE

直到最近两日，冯执涯忙于公务，这才减少了来的次数。

冯卿安隐隐约约听闻，冯执涯这次南巡有意培植新的世族人才，回弦京后，朝堂上会迎来一场规模不小的腥风血雨。

现下里，盛燕国名士已经齐聚奕州了。

傍晚，在冯卿安处吃过晚膳后，冯执涯便离开了。冯卿安思忖着左右无事，便去江微岚的院子里走一趟。

刚一靠近便听到里头传来断断续续的谈话声。

"……也不知道咱们娘娘什么时候能得到王上的宠幸，本来以为这次随着王上出来南巡能有机会的。"一个女声叹道。

另一个接过话茬儿："王上怎么可能宠幸娘娘？这不日日都在隔壁公主那儿待着吗？估计王上心里只有公主殿下，没有咱们娘娘吧。"

"公主是王上的妹妹，王上担忧公主也是人之常情。"

说话那女声颇有些阴阳怪气："就这么几步远，王上若有心，怎么可能不过来走动走动？摆明了就是让咱们娘娘来陪尊贵的卿安公主的！王上与公主之间不会……"

"你！你少说两句，别让娘娘听见了。"

"听见了又怎样？娘娘肯定也是这么想的……"

听到这里，还陵沉不住气了，他忍无可忍地大步跨进正门，咳嗽了一声，冷着脸呵斥："好大的胆子，居然胆敢在背地里嚼公主的舌根！"

他气得脸色微微泛青，冯卿安却很是平静，神情并没有过多变化。因为连她自己，也是这样认为的。

突然见到口中编排的对象卿安公主出现，那两个婢女大惊失色，搁下浇花的水壶，急急朝冯卿安行礼。

冯卿安面上仍挂着和善的笑，对她们刚才的话语置若罔闻，示意还陵不要跟她们计较。

还陵还是有些气不过："公主，您就是太仁慈了。"

冯卿安截住了他的话头，淡淡道："别说了。"

冯执涯行事越发肆无忌惮，她心底明白的，就算处罚了这两个婢女，也无法阻止流言蜚语的蔓延。再则，她马上就要离开了，实在没必要再计较这些了。

还陵忍了忍，只好不再继续说，两人一同走了进去。

江微岚正在里头绣花，身旁一个人也没有，听到门口的动静，她以为是婢女，眼也不抬就随口道："阿素，去给我倒杯水来。"

外头静了一会儿，一双纤细的手将茶盏递到江微岚手边"也不知道这个水温你喜不喜欢。"

听到这个声音，江微岚惊讶，抬头却发现冯卿安笑脸盈盈地站在自己身前，她脸色变了变，哼一声将茶盏推开："你拿走，我不喝。"

看她发小孩子脾气，冯卿安也不急，笑道："我说你怎么好几日不来看我，原来是在绣花，怎么？这帕子是要送给哥哥的吗？给我瞧一瞧……"

江微岚用了些力道推开冯卿安，冯卿安没料到她的这番动作，跟跄着后退了两步，好在被身后的还陵给扶住了。还陵皱了皱眉，却没像刚才一般开口训斥。

见冯卿安这么弱不禁风，江微岚怔了怔，下意识伸手去扶她，但手伸到一半又缩了回来。

江微岚别过脸，倒豆子一般径直埋怨道："那日，我根本就没有要与王上一同去狩猎的意思，公主为何擅作主张替我要求？"

冯卿安一愣，却见江微岚越发咄咄逼人："还有，公主为何日日叫我去你的念卿阁？王上日日都来看你，从没有主动传召过我……公主莫不是想炫耀王上只宠爱公主一人不成？王上他……他肯定不会再理我了……"越说她越委屈，也不忌讳还陵在场，眼眶唰地红了起来。

冯卿安静了静，在她身旁坐下，安抚地拍了拍她的后背，轻声道："微岚姐姐可是吃我的醋了？"

江微岚瞥她一眼，嘴唇一抿，没有否认。

冯卿安轻轻笑了笑："是我错了，那日，本来想着姐姐一个人待在院子会无聊，这才想着叫姐姐陪我一起。至于这几日叫姐姐来，是想着让哥哥和姐姐多多接触接触。"她自嘲地叹息一声，神情戚戚，"我自小便没了父王母妃，哥哥也是如此，剩下几个姐姐早早出嫁离开了盛燕王宫，只余我和哥哥两个。估计哥哥看我可怜，身体又不好，这才时常照拂我，炫耀什么的，从何说起？姐姐怎会如此想？就算姐姐不信我，还不信哥哥吗？"

见冯卿安说得恳切，江微岚心头的不忿渐渐消散，甚至因为自己怀疑冯卿安，而心生愧疚。她到底心思单纯，喜怒哀乐皆表露无遗。

"没有没有，我就随口这么一说，卿安你别当真。"江微岚有些慌张，却又说不出什么安慰的话，"我……我自然相信你跟王上的。"

冯卿安轻舒口气，点头道："嗯，宫中的姐姐们，卿安最喜欢的便是微岚姐姐你，哥哥定会发现姐姐的好，喜欢上姐姐的。"

听了这番话，江微岚羞怯地笑了笑，带了些期许道："希望吧。"

像是为了缓解气氛，江微岚将绣了一半的帕子递到冯卿安眼底，咧嘴笑了笑："卿安你瞧瞧，好不好看？也不知道王上会不会喜欢。"

她所绣的蝴蝶栩栩如生，仿佛下一瞬就要挣脱这帕子离开一般。冯卿安看着看着有些恍神，她定了定心，含笑回视着江微岚道："姐姐好手艺。"

返回念卿阁时，天已经完全暗下来。

冯卿安睨了还陵一眼，他一直垂着头扶紧她，没有说话。自南巡开始，他性子越发不比往日沉稳，好几次行事都稍显莽撞。放在平时，冯卿安晚归，他肯定会忧心忡忡地催促着冯卿安早些回去休息，今日从江微岚处出来，他不言不语委实有些反常。

冯卿安看他一眼，玩笑道："你莫不是因为刚才的事生我的气不成？你该知道我的性子的，我不喜……"

"公主。"还陵面上带着浅笑轻轻打断了她，他遣散了前头两个提灯笼引路的婢女，亲自提着灯笼，见四周无人，这才道，"奴才怎敢生公主的气？公主言重了。"

冯卿安脚步一停，看着他淡淡道："还陵哥哥，你在我面前不必如此的，有什么想法你直说便是。"

再度听到这个称呼，还陵一抖，清俊的脸上浮起一丝奇异的表情，但他很快敛住，单手扶着冯卿安慢慢走。

"公主多虑了，奴才一心只想侍奉好公主，并无其他想法。公主开心，便是奴才最大的心愿。"

"还陵哥哥，你说过，你值得我信任的。"冯卿安喃喃道，"你……可千万不要辜负我的信任。"

还陵没再说话了，见他如此，冯卿安也不再多说什么。

每个人在这深宫中都有隐秘的不为人知的秘密，她有、冯执涯有、许故深有，或许，还陵也有。

或许还陵早就发觉了她的不对劲，已经从她的言行举止中发觉了她即将逃离这里，所以他才开始不安。

诚然，她的离开最可能连累到的人就是他，他若是选择明哲保身举报她，那她便一点办法也没有了。

刚一靠近念卿阁，便听到里头传来男子低沉的说话声。

冯卿安停了停，轻轻咳嗽了一声，里头的说话声戛然而止。

推开门的刹那，里头走出几个冯执涯的亲卫，静静等他们走出去，冯卿安才走入内室。

见她回来，原本面无表情立在窗前的冯执涯脸上溢出一丝笑容来，他眼神幽深地注视着冯卿安，伸手示意她靠近。

"卿安，"他嗓音低哑，"我还以为你走了，差点要派人出去寻你了。"

冯卿安脸色一白，几乎要以为他知晓了自己的计划。

她勉强镇定下来，笑道："哥哥，你说什么胡话呢？我只是去微岚姐姐那里走动走动……哥哥你喝醉了。"

"答应哥哥，不要再像四年前那样犯傻。"冯执涯说。

冯卿安一默，她刚才不过是在守卫们的众目睽睽下，稍稍出去走动了片刻，并未掩饰些什么，他便已经如此紧张，倘若她真的离开，还不知他会如何。

她莞尔一笑，乖巧地应道："好。"

"身体好些了吗？"冯执涯再度重复，"过来。"

"已经好得差不多了。"冯卿安没有动。

冯执涯很少夜晚来看望她，更别提是喝过酒后的晚上，在她人并不在时，直接进入她的房间。此刻他身上酒味很浓，隔得很远都能闻到，这是一个不太好的讯号。

见她不动，冯执涯眉目沉寂下来，他似笑非笑地勾了勾嘴角，示意还陵出去。还陵犹豫着看了冯卿安一眼，见她没有反应，只好顺从地依言而出，在门口候着。

"你身子不好，让她过来陪你便是，哥哥不是说要禁足你，只是担心你罢了，你明白吗？"说话间，他转身走到冯卿安的床边，替她燃起安神的熏香，这是入睡前必要的步骤。

看着他的动作，冯卿安心一紧，下意识地喊："哥哥。"

"嗯？"

冯卿安快走几步过去，接过他手中的香炉，温声说道："哥哥忙于公务，累了一天了，早些去歇息吧。这些事让还陵他们做就好。"说完她便打算唤门外的还陵进来。

"卿安。"冯执涯攥住了她的手腕。

冯卿安一僵，却见冯执涯嘴角噙着似有若无的笑，缓缓松开了她，手指转而落到她的发髻上，替她扯掉头上的珠钗。

说话间，有浓重的酒气喷薄而出，冯卿安微不可察地蹙了蹙眉。

"你乖乖躺下，和哥哥说说话，小时候不也是如此吗？"冯执涯慢条斯理道，"好不好？"

闻言，冯卿安抬眼看向他，见他仍然含笑一眨不眨地凝视着自己，看似温柔的眼眸深处却冰冷一片。她心下一凉，面上却弯唇一笑，应道："……好。"

见她如此听话，冯执涯神情放松下来，他将一直搁在桌前的杯盏递到冯卿安手里，柔声道："来，喝药。"

这药与还陵平日里煎的完全不同，是淡黄色的，散发着某种奇异的花香，喝过这药后，身上接连好几日都会带着这种似有若无的香味，直到当月毒发，这味道才会逐步消散。

据说这药是四年前冯执涯好不容易找到的名医配的，每月只能喝一次，并且要在毒发的前几天喝才行。虽然不能完全抑制住这毒，却能让她毒发时的剧烈疼痛感缓解不少。

喝完药，冯卿安顾不上脱掉外衫就披散着头发径直躺在了床上，冯执涯好似真的喝醉了，也没发觉。他笑笑，将空掉的杯盏放下，坐在了冯卿安床前。

在酒精的作用下，他眼神越发炽热，带些某种不可言说的情绪，这目光看得冯卿安毛骨悚然。再加上他身上浓重的酒味，令冯卿安更加不安。

冯卿安眨眨眼，找了个话题随口问道："哥哥这几天在忙些什么？怎么今日喝了这么多酒？"

冯执涯一静，笑容淡下来。

冯卿安有些慌乱："对不起哥哥，是卿安不对，不该过问哥哥这些……"

"无事。"冯执涯低笑一声，"卿安不是别人，无须避讳。哥哥只是会见了几个名士，这才多喝了几杯。"

他轻描淡写道："朝中那几个大臣岁数大了，就连祝将军行事也越来越保守，是时候该让他们退位让贤了。"

冯执涯口中的祝将军便是祝清蝉的父亲，年轻时征战沙场，一步步很不容易才走到如今这个位置上，他羽翼丰满，在朝堂上势力很大。冯执涯轻飘飘一句话，便将祝将军等人的功绩尽数抹去，想必他忌惮祝将军已久。

冯卿安张了张口，意识到自己的身份并不方便谈论这些，只好顺着他的话道："那哥哥寻到合适的人了吗？"

"有一个姓叶的公子，能文能武，很是出众。"冯执涯笑容有些奇异，"那日狩猎赛他也在，就是他夺得了第一，你挑中的那只狐狸，便是由他所猎。"

听他这么一说，冯卿安倒是反应过来，那日的狩猎赛想必也是冯执涯刻意为之，并不是为了所谓的享乐。冯执涯对于拉拢人心，还是很有手段的。

只是，那年轻公子姓叶？

是叶家为了救她，特意安插了人进来吗？

那安神的熏香开始起作用，冯卿安打了个哈欠，顺势道："哥哥，我有些乏了，不如哥哥也回去歇息吧。"

冯执涯却并未起身，而是慢慢将悬在床头的帷幔松开，狭长的眼一点点眯起："哥哥今晚在这里陪你，可好？"

冯卿安一愣，有些反应不过来。她浑身发凉，犹如坠入冰窟。如若冯执涯要借着酒意对她做些什么，她完全没有反抗的余地。

原以为盛燕王宫是她的牢笼，却不想离开了盛燕王宫，来了这奕州别苑还是如此。

是了，只要冯执涯在她身边，她便身处牢笼之中。

冯卿安涩声开口："哥……哥？你说什么呢？"

冯执涯慢慢笑开，手指抚过她的鬓发，幽深的目光落在她脸上，呢喃道："哥哥只是有些累了，想在这里陪一陪你，哥哥的寝殿离这里很远……你不愿意吗？"

冯卿安冷汗冒出来，不愿意，她自然不愿意，她怎么会愿意？！

她把自己往被子里缩了缩，这才道："哥哥可是把我当成微岚姐姐了？又或者是宫里别的姐姐？"她干笑一声，"哥哥不要开玩笑了，一点也不好笑。哥哥你还是快些回去吧。"

"卿安，"冯执涯不是很耐烦地打断她，他像是完全沉溺在自己的情绪之中，"叫我的名字。"

"啊？"冯卿安惊讶。

"叫我的名字。"冯执涯重复道,他语气似威胁似宠溺。

"执……涯?"冯卿安小心翼翼地试探道。

冯执涯定定看着她,很久都没有说话。在冯卿安几乎要绝望时,他才弯了弯唇,露出一个很温柔的笑来:"好,我走。"

冯卿安一颗心终于落地。

"睡吧。"

冯执涯起身,吹灭了桌上的蜡烛,又在黑暗中静静立了一会儿。

隔着层层叠叠的帷幔看不清楚他的身影,但冯卿安知道,他一直在注视着她。他不走,冯卿安也不敢真睡,她手心后背全都湿透了,却动也不敢动。不知过了多久,他好似轻声呢喃出了某个称呼,冯卿安没有听真切,却下意识打了个寒噤。

冯执涯低低笑了笑,转身离开了。

听着脚步声渐渐远去,冯卿安还是放心不下,拼命睁大眼睛逼迫自己不睡着,一直凝神注意着门口的方向,她怕冯执涯改变主意去而复返。

胡思乱想间,她的去意更加坚定,不论如何,她必须走。

在又紧张又害怕的情绪中,门再度被推开。

冯卿安心一提:"哥哥?!"

"公主,是我。"是还陵的声音。

"还陵哥哥？"冯卿安这才发觉，自己连声音都在发抖。

还陵默了默，似乎叹息了一声。他走到窗前将窗户打开，让房内酒气与熏香混合的味道散出去，这才低声温和道："公主安心睡下吧，我今夜会守在这里的。"

他没有自称奴才，而是平平淡淡一个"我"字。

听到他的声音，冯卿安慢慢平静下来，她克制住那莫名涌来的酸涩感，合上眼。

迷迷糊糊间，她仿佛听到酒味散去后，还陵再度合上窗户的声音，轻轻的吱嘎一声，几乎要盖过他说话的嗓音。

"倘若这里对公主而言真的是牢笼，那……公主便走吧，走得越远越好。"

接下来的几日，冯执涯并没有出现，不比冯卿安悠闲，他越发忙碌起来。

倒是江微岚高高兴兴来过几趟，冯卿安这才得知，这几日，冯执涯一直宿在她那里。

陪着江微岚聊完，等她离开后，冯卿安独自回了房间，她拆开那黑色鸟儿腿上绑着的字条，两眼看完之后，快速将其燃掉。

今晚是冯襄的生辰。冯卿安对冯襄包括他父亲都有几分印象，对他的印象来源于此次南巡，对他父亲的印象则是因为儿时或多或少地听过护国大将军的名头。因为他父亲对盛燕国做出了很大的贡献，开拓疆土，吞并周边小国，为今日的三国之首打下了坚实的基础，特被前盛燕王赐了国姓，改姓冯。

冯襄父亲辞世后，冯襄继承了他父亲的爵位，虽然年纪轻轻，却在弦京势力很大，冯执涯也很是赏识他，经常将他带在身边。

此次冯襄生辰，在百忙之中，冯执涯还是特意空出时间来，替他好好操办了一番，委实对他看重得很。虽然冯卿安因为身体的缘故无法参加白日里的各项活动，却被冯执涯唤去参加晚宴，观赏歌舞。

晚宴，又是晚宴。

这个晚宴，便是与她传讯之人定下的逃脱时机。

再度走出房间时，冯卿安换了身轻便的衣服，并不张扬起眼。

临上马车时，还陵却停了停，并未跟随在她身后："公主，奴才身体不适，不能陪公主一同去宴会了。"

冯卿安愣了愣，皱眉道："好端端怎么突然身体不适？"

还陵垂着眼面容沉静道："大抵是吃坏肚子了。"

冯卿安叹道："那你好好休息吧。"

还陵上前一步，将一直揣在身上的一瓶药递到了冯卿安手里，这瓶药是毒发之际应急用的，现在正是月底，毒发之日就是这几天。

冯卿安微讶，似乎明白了他所思所想。还陵是她最亲近的人，怕她将其乱放，这药，他平日里是片刻不离身的。

"公主一个人小心些。"还陵招手让几个婢女跟在马车身旁，这才躬身道，"奴才在这里等候公主回来。"

"……好。"冯卿安说。

目光悠远地看着载着冯卿安的马车缓缓远去，还陵一直保持着躬身的动作。他低头看了眼自己断掉两根手指的手，神情并无过多变化，心底反而涌起一丝莫名的欣慰。

今日一别，也不知何时才能相逢。

良久，他起身，一言不发地走进念卿阁。

马车载着冯卿安，朝宴会所在地而去。在途经一条小路时，一辆不知从何处而来的马车自对面驶来。

道路狭窄，两辆马车不得已紧紧挨靠在一起。

也许是凑得太近，那辆马车剧烈地颠簸了一下，正好撞在了冯卿安所在的马车上。

护送冯卿安的侍卫有些着急，赶紧问候了一句："公主您没事吧？"

里头静了一瞬，冯卿安才低声道："无事。"

得到回复，护送冯卿安的护卫对旁边那个赶马车的人怒目而视："小心着点！知不知道里头是什么人？"

现下里，盛燕国名士齐聚奕州，纷纷入住别苑，稍不慎就会撞见某个世族公子。惹恼了世族公子是小事，要是因此惹恼了冯执涯就糟糕了，所以这些乱七八糟的陌生马车还真是轻易得罪不得。

旁边那个赶马车的人点头哈腰："哎哎，小的这就走。"他又磨蹭了一会儿，才不紧不慢地赶着那马儿离开。

那侍卫小声地骂骂咧咧道："这别苑到底不比盛燕王宫戒备森严，随便什么人都能来。"

冯卿安所在的马车里头依旧很是安静，似乎对这番变故并无怨懑。

到达举办宴会的大殿门口后，一直候在马车边的婢女上前一步，轻声唤道："公主请下车。"

马车里没有动静。

外头的婢女以为冯卿安睡着了，没有听到，再度提高嗓音唤道："公主请下车。"

马车里依然没有动静。

那婢女犹豫了一下，冷汗冒出来，她轻手轻脚掀开帘子一角，唤道："公主？您……"话还未说完，她惊恐地大叫一声，跌倒在地，脸色霎时间变得惨白。

马车里空无一人，冯卿安早已不知所终。

只有一小瓶药，在帘子打开那一瞬，骨碌骨碌滚了出来。

◆ 第六章

同是天涯孤独人

　　外头很静，只能听到急促的马蹄声。

　　不知道这马车将带着她驶向何处。

　　自冯卿安从那扇可以活动的马车壁门被人拉进另一辆马车后，她便一直没有说话，而是不动声色地打量着坐在身前的这个男子。

　　她直觉有些不太对劲。

　　为了谨慎起见，那传讯之人并未像四年前那样，让冯卿安自己想法子抵达外墙，再接应她，而是叮嘱她不可轻举妄动，一切由叶家来安排。

　　她曾想过很多种被带离的方法，也猜测过接应人的模样，却没料到会是现如今这样。

　　对面坐着的男子看起来不过三十多岁，模样斯文，温温和和的，并不像能带她离开之人。

　　见冯卿安不说话，他微微一笑："你果然长得很像阿湘姐姐……难怪他……"他适时止住了话头。

　　听他唤出母亲叶湘的名字，冯卿安才稍稍松了口气，试探道："叶先生？"

　　叶眠点点头："公主殿下。"

　　冯卿安从短暂的喜悦中迅速冷静下来，蹙眉道："先生在信中说自会派人来接应，带我离开……怎会亲自前来？"她快速掀开窗帘一角，朝外瞥了一眼，"我们现在要去何处？是离开别苑回叶家吗？"

　　叶眠亲自从别苑中带她离开，委实太冒险了些。一旦被发现，他便会受到牵连。是他胆子太大，还是他有十足的把握能带她离开呢？

　　叶眠含笑不答，而是细细打量着冯卿安的脸色，静了半晌，他淡淡启唇："公主中毒已深。"

　　冯卿安胡乱点点头，并没有兴趣谈及这个："是，看过很多名医，一直医不好。"

　　"想必，就是这毒使得公主身体日渐衰败，将公主困在了盛燕王宫之中吧。公主可曾想过，为何会中毒？"叶眠问。

冯卿安怔了怔，有些没料到他会问自己这个问题，说道："很小时这毒便伴随着我，听太医说，是自娘胎里带来的毒，因为母妃的离世，我过于悲伤，一个不慎给激发出来了。"

叶眠轻笑着摇头："我叶家从未有人中过这种毒，怎会是从娘胎里带来的。"

冯卿安一惊，一个从未想过的念头冒了出来："先生的意思是……"

叶眠手指搭在冯卿安的脉搏上，良久，他沉吟："公主这是被常年喂毒所致。"

冯卿安浑身一僵，他这句简简单单的话瞬间将她拉入了可怖的回忆之中。

常年喂毒……难道是冯执涯常年给她喂毒？！

除了他，不会再有别人。

叶眠悠悠叹了一声："不想冯执涯会如此心狠手辣，为了将你留住，居然做到如此地步。"

"可他为何要如此？为何执意要留下我？"冯卿安轻喃，她说话时嘴唇微微颤抖，不敢相信会是这样。

叶眠不着痕迹地扫了她一眼："想必，是因为阿湘姐姐吧。"

冯卿安一愣，似乎意识到了叶眠要说些什么，抛开脑子里的杂念，打断了他，冷静道："叶先生，这些话等我们离开了再细说。事已至此，我不想再追究这些。先生只需告诉我，今晚打算如何离开这别苑？"

叶眠眉眼沉静下来，见冯卿安坚持，半晌，他无奈地叹了一声，掀开帘子示意冯卿安仔细往外看。

"恐怕，公主今夜无法离开。"

马车一直在这附近兜圈子，果真并没有离开的打算。

冯卿安愣怔了一瞬，怒火一下子冒了出来，只觉自己全部筹谋瞬间化为乌有，后悔自己不该将希望尽数寄托到叶家身上。她冷声道："先生这是何意？"

叶眠不急不缓道："公主难道就不好奇阿湘姐姐当年为何会死吗？"

冯卿安一默。诚然，对于她母亲无故离世一事她的确好奇，那时她年纪小，身边人并不肯对她多透露些什么，但现在委实不是说这些的时机。

可事已至此，她只能耐下性子来。

"阿湘姐姐是我叶氏一族辛辛苦苦培养出来的，为的是助我叶氏一臂之力，在朝堂之上重新站稳脚跟。只可惜，前盛燕王为人过于谨慎，不肯轻易任用我叶家人。"

叶眠轻蔑一笑，这笑容让他斯文平和的外表上平添几分邪恶："不过是因为我叶氏是盛燕国开国之主的得力功臣，能力出众，受百姓敬仰。他们姓冯的忌惮我叶氏功高盖主，于是，随便给了一处封地让我族人养老。这么多年过去了，还是害怕我叶氏一族再度崛起。"

冯卿安没有兴趣听这些前朝往事："这与母妃的死有何关系？"

叶眠的表情霎时间变得有些微妙起来。

"阿湘姐姐离世之前，曾给叶家发过求助讯号。"叶眠脸上闪过一丝讥嘲，"她说她爱上了一个人，而那个人，是她千不该万不该，绝对不能爱上的人。"

叶眠看了冯卿安一眼，见她神色一变，似乎猜到了什么，颔首说道："那个人便是她夫君的儿子，按理也该称她一声母妃的人，冯执涯。"

"阿湘姐姐爱上了冯执涯。"叶眠一字一顿道，他面上的讥嘲之色再也掩饰不住，"你说好不好笑？她爱上了冯执涯，一个当时年仅十五岁的少年。"

叶眠口中的叶湘和冯卿安印象中温柔体贴的母妃完全不同，更像是一个陌生人。

冯卿安感觉自己的心在一点点下沉，几乎要窒息，她想要阻止叶眠继续往下说，却发不出声音来。

叶眠冷笑一声继续道："冯执涯引诱阿湘姐姐，为的不过是借阿湘姐姐之手得到前盛燕王的关注罢了。冯执涯心肠狠毒，利用完阿湘姐姐，为了不暴露自己，转而就向前盛燕王举报了阿湘姐姐与人有私情，前盛燕王一怒之下杀死了阿湘姐姐。"

冯卿安扶住窗沿，震惊与恐惧交织，她勉强镇定下来，通过他绕来绕去的话语，突然彻底醒悟了过来。她老半天才涩声道"所以……你们根本没打算救我出去，是不是？又或者，当年你们说只要我抵达外墙，便会有人接应我……也是在骗我？"

叶眠一顿，没料到冯卿安心思如此通透。见她脸色难看，他坦诚道："既然你问起，那我便清清楚楚告诉你，是我的人无能为力，即便在外墙接应你，也无法将身为公主的你带离弦京。更何况那时的你尚还年幼，在宫中毫无势力，独身一人，如何能抵达外墙？当初这么说，只是为了让你死心罢了。"

他每说一个字，冯卿安的心便凉下来一寸。

沉默了半晌，她艰难地扯了扯嘴角："那你们现在又为何要见我？为何要告诉我这些？"

叶眠安抚地笑笑："现在不同了，卿安，你已经长大了。你的母亲因冯执涯而死，而你也被冯执涯常年喂毒，导致身体衰败，你难道不想报复冯执涯吗？前盛燕王不肯任用叶家人，可冯执涯则不同，他上位得太快，并不知晓叶家与冯家之间的种种关系。再加上他因为阿湘姐姐的缘故，很喜欢你，你完全可以转而利用冯执涯，助我叶氏重新……"

"你住口！"冯卿安打断了他。

她难以置信地摇摇头，她不敢相信母亲的家人居然冷血至此，当初对母亲的求助不闻不问，现如今对她的困境也毫不关心。他们所在乎的，从始至终都是家族的利益罢了。可怜母亲至死都相信将自己从小宠到大的家人会保护自己，保护她年幼的女儿。

叶眠，或者说叶家，根本就没有想过要救她离开，他们之所以全心全意帮助她，是为了利用她，让她继续母亲未完成的事业罢了。说不定他们野心更大，不只是想要重新在朝堂上站稳脚跟，更是想要击垮由冯氏一手建立的盛燕国，建立新的王朝。

冯卿安在极度绝望的同时，忽然回忆起一件事。

冯执涯醉酒的那晚，他没有把她当成江微岚，没有把她当成他的任何一个嫔妃，而是把她当成了她的母亲叶湘。

他低声唤出的那个名字，是阿湘。

思及此，她心中的恐惧越发扩大，她摇摇头，下意识地伸手攥紧叶眠的衣袖，眼底难得地流露一丝哀求。

她不想再回到那牢笼里。

冯执涯常年给她喂毒又如何？她身体不好又如何？她不想再计较这些，她不想变成第二个母亲。

她想逃！她只想逃！

叶眠垂眼冷冷地看着她，拉开她的手，正欲再说些什么，马车外突然传来一声呵斥："你们是什么人？敢拦本侯的路？真是扫兴！"

叶眠神情变得严肃起来，冯卿安一愣，逼迫自己清醒过来。听口气，说话那人极不好惹，若是被那人发现自己此刻就在马车里，恐怕会惹出麻烦来。

叶眠忽而抬眼看着她，不知道在想些什么。

外头赶马车的男子赶紧说："抱歉小侯爷，小的马上就走，马上就走……"

"走？"

被称为小侯爷的冯襄一记鞭子抽在了马上，马儿嘶鸣一声，赶马车的男子"哎哟"一声被甩下马车，里头的冯卿安一时不防，也险些摔下来，好在被叶眠扶住。

冯襄却哈哈大笑："滚滚滚，赶紧滚！"

冯卿安刚松一口气，却又听到另一个声音。

"慢着。"

说话的嗓音有些耳熟，冯卿安心里"咯噔"一下，暗道不好，每次遇见他，都不会有什么好事。

冯襄意外地看了一眼身旁的许故深，挑眉道："怎么？你认识？"

许故深若有所思地打量着这看起来平淡无奇的马车，轻笑道："不认识。"

冯襄翻个白眼："走走走，别在这里浪费时间了，王上还在等我们。"

许故深安抚了冯襄几句，引着身下马儿又靠近了马车几步，温和地问那车夫："不知这是何人的马车？"

车夫虽然早就在叶眠的吩咐下准备了合适的托词，却在面对许故深质询的眼神时，有些支支吾吾："是……是遥州柳氏的马车，我家公子今夜生了病，吩咐小的去别苑附近医馆寻个大夫来……小的正打算去呢。"

许故深笑了笑，也不知信了没有。

"大夫？怎么不直接找太医？"

车夫赶紧摆摆手："怎敢劳烦盛燕王宫的人？小的还是去寻个大夫吧。"

许故深似笑非笑，避开了些，让那马车过去。

车夫松了口气："多谢世子，多谢小侯爷。"

"嗯。"冯襄不耐烦地应了一声，挥挥手示意他赶紧走。

微风轻轻掀开马车帘子的一角，空气中似乎传来某种奇异的香味，这香味不仔细闻并不能闻到，即便闻到了，寻常人也不会在意。

但许故深不同，他不止闻到了，还对这味道再熟悉不过。

他倏地弯唇一笑，笑容颇有些高深莫测。他的目光再度深深望向那帘子，好似要透过这薄薄的帘子看清里头的人。

下一瞬，他收回目光。

"小侯爷，走吧。"许故深一扬缰绳，引着马往前走。

断断续续的声音落入冯卿安和叶眠的耳朵里。

"你刚刚在问什么？"

"没什么，只是看这马车样式颇为普通，想凑近些看看是不是真的这么普通，又或者是看上去普通实际上却暗藏玄机。"

"然后呢？"

"的确很普通。"许故深笑。

冯襄有些无奈："嘿。你真是，这不是没事找事吗？"

"唔……好像是有点。不过，小侯爷最好去查查看，今夜是否真的有这么个遥州柳氏的公子得了病。"

……

许故深他们的声音渐渐远去，冯卿安倏地松了口气。经过这番变故，她彻底从脆弱惊慌的情绪中冷静下来，认清了现实。

试图依靠所谓的家族亲情何其可笑？是她犯傻了。

她能靠的，从始至终只有自己。

她看一眼身旁这个看似温和实则冷漠的叶家"亲人"，当机立断做出决定，不欲再与他继续纠缠，掀开帘子便打算下马车。

她在门口一顿，回头冲叶眠微微一笑："既然叶先生不打算帮卿安的忙，那卿安便当今日之事没有发生过，我们就此别过。"

"公主别忘了，虽然公主姓冯，但到底还是叶家人。"叶眠沉声道，"或许公主不知，叶家产业遍及整个盛燕国，家大业大，财力雄厚，有了叶家扶持，公主在宫中断不会是如今这个样子。与叶家合作，是一件双赢的事情。"

"合作？"冯卿安好笑。

究竟是合作还是叶家想要单方面利用她压榨她？她不像母亲是在叶家的精心培养下长大，至死都信任叶家，她从小就身处冰冷的深宫之中，没有亲人没有朋友，从没有见过叶家人，不会任由他们摆布。

冯卿安摇头："不了，我并不打算留在宫中。"

"哦？"叶眠觉得好笑，"公主自认为可以独自一人从这偌大的别苑逃出去？"他举目四望，这里是一处半人高的低矮围墙，里头郁郁葱葱长了一大片竹林。不出意外，巡逻的守卫每半个时辰就会途经一趟，更别说每个亭台楼阁都有专人把守了，在无人协助的情况下想要离开别苑几乎是件不可能的事情。这也是他无法进入冯卿安居住的念卿阁，只能想法子让冯卿安出来，再与她见面的原因。

冯卿安表情很淡，她垂下眼睫招手示意那赶马车的男子扶她下马车，那男子看一眼叶眠，见他没什么反应，便老老实实去扶冯卿安。

下了马车，冯卿安方才长舒出一口气，她低头理了理裙摆，温声道："那又如何？如果不幸被抓回来，不过是过上和之前一样的生活罢了。"

“公主打算如何解释突然从马车里失踪？”见劝不住她，叶眠的话语里暗含威胁。

“如何解释？”冯卿安蓦地一笑，抬眼瞟了叶眠一眼，“实话实说。”

语毕，她头也不回地朝远处走去。

那车夫困惑地看一眼冯卿安决绝离开的背影，问：“先生就这么让她走了？倘若她真的被盛燕王抓回去，将我们曝光了怎么办？”

“她不会。”叶眠摇摇头，目光仍紧紧凝在冯卿安身上，“倘若她曝光我们，自然也就暴露了自己想逃的心思，她不会如此蠢。”

那车夫问：“那我们接下来怎么办？就留公主一个人在外头？”

叶眠顿了顿，放下帘子又坐了回去：“不让她吃点苦头，撞几回南墙，就不会明白我们叶家的好。”

叶眠一叹：“回去吧。”

等叶眠的马车离开，冯卿安自阴影里走了出来，她不再犹豫，直接踩着矮石翻身进了那竹园。这番动作对一直养尊处优的她来说委实有些难，好不容易翻进去，她便已经满头大汗了。

她思忖着，既然已经从念卿阁出来了，就断没有再回去自投罗网的道理。虽然不知道这是哪里，但她却知道，再过几日，冯执涯便要折返弦京了。

这次足足在奕州待了两个月有余，再加上路途中耗去的十多天，弦京宫里的折子已经堆得老高了，除了一些紧急奏折被快马加鞭送来奕州让冯执涯处理外，还有许多杂事没有解决。

虽然不知道冯执涯知晓她失踪后会如何寻她，但他绝不可能为了她，罔顾既定行程选择留下来。她只要找个地方躲起来挨过这几日，说不定就能脱身。

冯卿安庆幸自己临出门前换了身不起眼的暗色长裙，这别苑里人多口杂，见过她，识得她身份的人并不多，只要不说，绝对不会有人能发现她就是卿安公主。

这个临时想出来的法子说不定真能成功。

她在自己脸上抹了些灰尘，借着月色往这片竹林深处走，还没走几步远，呼吸还未缓过来，她脑袋里却轰的一声炸开，心跳随之开始加速，全身止不住颤抖，眼前雾蒙蒙一片，只能看到层层叠叠数不尽的竹林。

在猝不及防的情况下，她毒发了。

冯卿安一慌，趁着意识还清醒，她赶紧摸了摸袖口，却怎么也找不到之前还陵给她的药了，不知道是落在了出发的马车上，还是遗失在了叶眠的马车上？

她心下越发慌乱，大脑开始昏昏沉沉的，她咬牙逼迫自己不要慌，跌跌撞撞往里头走。

　　她的毒早已深入骨髓，每月月底发作，三天内发作两次到五次不等。一旦发作起来就全身绵软无力，脑袋也疼得厉害。因为这毒的缘故，她身体越发糟糕，每天都要靠喝滋补的药物养身体。

　　虽然前几日喝的那淡黄色的药能稍稍缓解毒发疼痛，但没了那克制毒发的药丸，还是无济于事。

　　但事已至此，她只能强迫自己忍住疼痛熬过这两日。

　　在力气用尽之前，她终于在竹林尽头寻到了一个废弃的马棚，马棚里有一匹马。那马看起来有几分眼熟，但冯卿安已经顾不得那么多，径直躺在勉强算得上干燥的草垛旁，只盼着不会有人深更半夜来竹园。

　　她将身体缩成一团，忍受着那一波又一波涌上头顶的难受，那疼痛感随着时间的推移越发强烈。不知过了过久，她倏地吐出一大口血，脑海里所有喧嚣嘈杂的声音终于归于平静，她的意识彻底消散，生生疼昏了过去。

　　也就是在这时，不知从何处传来一阵马蹄声，那声音逐渐靠近，在她附近停了下来，随后，有人利落地下了马。

　　那人将马拴好，在草垛旁停了停，跨步绕了过去，蜷缩在角落里的冯卿安的身影便一点一点显露出来。她额发早已被汗水浸湿，眉头紧蹙，嘴唇惨白。她看起来累极了，不是因为毒发，而是因为别的什么，她的眼睫上沾染着水渍，却倔强地不肯化为泪珠落下。

那人盯着她看了会儿，兀自轻笑了一声，俯身将她拦腰抱起。

"傻瓜。"那人低喃，嗓音带了些微不可察的温柔意味。

再走几十步，眼前豁然开朗，简单古朴的竹屋掩藏于竹林之中。他轻车熟路地推门而入，将她安安稳稳地放置在床上。

听到屋内的动静，一直候在隔壁的属下阿连推门走了进来，看到床上躺着的人后，他一愣："殿下，她不是……"

那人冷冽地扫了阿连一眼，阿连只好讷讷闭嘴不再发出声音来。他在自家殿下的眼神示意下取来热毛巾，递到殿下手里。

他站在一旁忧心忡忡地看着自家殿下替冯卿安擦去嘴角边的血渍和脸颊上的污渍，再从贴身的一个小瓶子里取出一粒药丸，放入冯卿安的口中，喂她服下。高傲如自家殿下，只有别人服侍他的份，他之前从未为任何人做过此类事情。此刻的他动作很轻柔，眼神和平时有些不一样，不是冰冷的，而是带了几分温情。

具体是什么，他说不上来。

看着冯卿安吃过解药后，惨白的脸色渐渐好转，殿下紧蹙的眉头也松开来。阿连越发不解，自家殿下虽然极擅使毒与解毒，但说到底，还是要了解毒的性状，亲眼见过那毒，才能解得了。

殿下怎会对公主所中之毒如此了解，还有对症的解药呢……

半夜子时。

冯卿安醒得很快，睁眼的那一刹那，她很快意识到自己并不在草棚里，而是躺在一张干净的床上。周遭环境陌生，一个人也没有，这里并不是念卿阁。她还意识到那种毒发的难受已经渐渐消退，就像是已经吃过解药了一样。

不过，也可能是她自己挺过来了。

她试图爬起来，浑身上下却一丝一毫力气也没有，心下不由得越发烦闷。

正望着头顶发呆之际，门被推开，身上穿着黑色长衫的许故深端着一碗热腾腾的药走了进来。

见她醒来，许故深微讶，一挑眉头，露出一个笑来。他戏谑道"公主醒了？"

冯卿安显然没料到会在这里遇到许故深，试图撑起半边身子，却苦于手臂乏力，越想起身越是动弹不得："世子……怎会在此？"

见她紧张，许故深也不急，慢悠悠走进房内，将那碗药搁下，这才道："这次是公主擅自闯入我的地盘，"他嘴唇一勾，眼眸漆黑深不见底，"该如何算？"

冯卿安有些怀疑，四下张望了一番："你住这里？"

许故深微微一笑："以我的身份，公主觉得我该住哪里？"

冯卿安一默。

即便再得冯执涯喜爱，再与冯襄交好，许故深说到底也是淮照人，一个被淮照国扣押在盛燕国的质子而已，在盛燕国算不上什么位高权重之人，自然得不到重视。这处小竹屋虽然小了些，偏僻了些，但环境不错，也不算太差。

冯卿安暗自懊恼，原本想着这里应该没有人会来，不想竟然误打误撞进了许故深住的地方。

静了半晌，许故深低笑，嗓音很淡不带任何情绪，好似只是在陈述一件与自己完全不相干的事情："听说公主在去赴宴的途中失踪了，王上大怒，下令搜寻整个别苑。原本我还想着公主会乘坐那遥州柳氏的马车离开，"他顿了顿，并没打算解释为何会知道冯卿安身处那辆马车上，"却不想，原来公主与我羁绊如此之深。"

冯卿安沉默了，心底却一片悚然，他居然对自己的一举一动都如此了解。

见冯卿安不说话，许故深笑容加深，指了指那碗药，用商量的口吻道："公主何不先喝药？"

冯卿安看了那药几眼，并没有起身喝的打算，她不信许故深会这么好心。

她又重新合上眼，虚弱道："多谢世子照顾，夜色已深，世子何不早些去歇息？还是说世子这里只有一处卧房？"

许故深端起碗走到床边，小心翼翼将她扶坐起来，将碗递到她嘴边，这才慢条斯理道："公主没有喝药，故深怎敢安睡？"

他语气一如既往的散漫轻佻，身上还有一股淡淡的酒味，十足的纨绔公子模样，冯卿安丝毫不敢放松警惕。他和那日醉酒后的冯执涯给她的感觉完全不同，如果说冯执涯是浓郁呛人的烈酒，那他更像是冷冽润口的清酒，缱绻醉人——

更让她打心底里不安。

"也不知道，今夜，王上能不能找到公主？"许故深自言自语。

冯卿安抿紧嘴唇，偏头避开那碗热气腾腾的药，完全不敢放松警惕："哥哥是否能找到我，全在世子一念之间，不是吗？"

许故深低头拿调羹搅了搅那药，面向着她的侧脸沉静好看，他正色道："公主真是误会我了，我并没有威胁公主的意思。既来之则安之。公主既然选择这里作为临时安身之处，我自然没有辜负公主的道理。"

许故深蓦地一笑，摇头叹道："我辛辛苦苦避人耳目，将药材找齐，再一一煎好，不曾想，公主居然不领情。"

冯卿安见他眉眼间果真带了几分掩饰不住的倦意，问："世子这么好的心肠？"

"为了公主，做什么都甘之如饴。"许故深答。

委实答得滴水不漏，但她不信。

许故深笑了，当着她的面毫不犹豫地将药递到自己嘴边，喝了一大口，淡淡的苦涩在嘴里蔓延。

"如此，公主可信？"许故深慢慢说道。

冯卿安牢牢盯着他的双眼，细细辨别他的意图，良久，见他喝过那药后仍然神态平和没有异样，便在他的注视下，就着他的手将剩下半碗药一一喝下。

许故深眉头松了松，他重新扶着冯卿安躺下，轻道："公主安心睡吧。"

说完他便打算出去。

在他走到门口之际，冯卿安忽而小声开口："谢谢你。"

许故深背对着她嘴角微微一弯："谢我什么？"

冯卿安顿了顿，继续平静道："谢谢你……没有告诉哥哥。"

许故深含笑不答，推门而出。

冯卿安却再度开口："可你为什么要帮我？"

于情于理，于公于私，他都没有帮助她的理由。

他们上次相处并不愉快尚且不谈，她藏身在他这里，一旦被冯执涯发现，他本就如履薄冰的质子生涯恐怕要终结于此了。不但会牵连到淮照国与盛燕国之间的关系，还可能再也回不了淮照国，身死他乡。

在这种原则问题上，他真有这么好心？

许故深在门口停了停，答非所问道："因为我和公主是同一类人。"

冯卿安有一瞬的恍神："什么样的人？"

许故深忽而想起那日祝清蝉在他面前信誓旦旦地说他与冯卿安不是同一类人，她错了。他与冯卿安像极了，不论是举步维艰的处境，还是面对绝境时心狠手辣的性格。

他兀自低笑一声。

"孤独。"他答。

孤独的人。

◆ 第七章

原来所信非人

次日阳光很好，趁着这么好的太阳，阿连赶紧将他家殿下的衣服拿出来晒晒。

他是随着许故深从淮照国来的，从小就陪在许故深身边，是最了解许故深的人。

边晒他边想，自家殿下真是个性子古怪的人，不像冯襄小侯爷一样，喜欢前呼后拥，身前身后全是人。自家殿下生性喜静，不仅将盛燕王赐的太监婢女推了大半，此次南巡还只带了他一个人，导致他每天辛辛苦苦，有干不完的活。

正想着，身后竹屋里突然传来一阵重物坠地声，阿连一愣，意识到里头还睡着个人，赶紧跑进里头，就见冯卿安正艰难地试图从地上站起身。他有些慌，赶紧过去搀扶着冯卿安重新坐回床上："公主您就别逞强了，这几日您就好好休息吧，我家殿下自然会照顾……"

"他人在哪里？"冯卿安额头上冷汗涔涔，眼眸却清亮如昔。

阿连支吾了一下，不敢和她对视："我家公子他……他……"

冯卿安笑了笑，在阿连的搀扶下重新坐在床沿，淡淡道："他可是去寻我了？"

这话说得奇怪，阿连却听明白了。他心里隐隐有些不满，自家殿下昨天辛辛苦苦陪了冯襄小侯爷一整天，晚上刚刚赶到晚宴便得知公主失踪的消息，好不容易回来，还顾不上休息，又忙着照顾公主，为她配好药材煎好药，等她服下才睡下。结果天还没亮，他又被精力充沛的冯襄小侯爷拉走，一同去寻公主的下落。

在这种情况下，只要谁率先找出了公主，定会受到盛燕王的大肆封赏。

阿连偷偷望了冯卿安一眼，他们所寻之人，此时正好端端地待在这里。

殿下明知如此，却没有透露给盛燕王，真是奇怪。

阿连点点头，应道："现在正在风头上，公主您最好还是别在这个时候离开，免得被人看到。就算您不愿待这里，想走，也请过几日再……我是说，公主现在的身体状况只适合静养，还是好好休息吧。"

"你是担心我拖累你家殿下吧？"冯卿安似笑非笑。

阿连干咳一声，抓了抓后脑勺，尴尬得没有说话。

"你倒是护主心切，只是我并不是想离开，而是有些渴了。"冯卿安笑笑，指了指早已空荡荡没有一滴水的水壶，"你可愿意帮我去倒杯水来？"

阿连看一眼冯卿安泛白的嘴唇，这才恍然大悟，拿起水壶就往外走："公主您有什么事喊一声就行，我就在外头。您既然到了这里，便是殿下的客人，阿连自然会替殿下好好照顾您的。"

见他走远，冯卿安笑容渐渐消散。

她叹口气，重新又躺了下来。她的确是想走，不想欠许故深这份人情，可是却有心无力，此时的她全身乏力，连站起来都困难，更别提离开了。

这一整日的药都是阿连端来的，并不见许故深身影。

夜晚就寝前，她状似并不经意地向阿连问起许故深，这才得知他还未回来。

阿连还告诉她，冯执涯下令封锁了整个别苑，不论身份地位，不许任何人进入也不许任何人出去，连从盛燕国各地会集于此的世族名士也不得离开。许故深所住的这间竹屋外头也添了不少重兵把守着，她想走更加困难了。

深夜，冯卿安又毒发了。她头痛欲裂，眼前模模糊糊一片，想唤阿连过来，却什么声音也发不出来，整个人只能无力地蜷缩在床角。

不知过了多久，门被推来，推门之人在门口顿了顿，然后才加快脚步走到她身边，将她轻柔地揽住。那人似乎在她耳边说了些什么，她听不清楚，随后感觉那人将一颗什么东西塞入了自己口中。

那东西很快在她嘴里融化，入喉的清凉之感很是熟悉，她体内的焦灼疼痛慢慢缓解下来。不知怎的，她下意识对那人很是放心，再度昏昏沉沉地睡了过去。

次日醒来时，问起阿连，他却说他昨晚并未进来，也并不知晓她毒发。还说许故深也并未回来，因为他房间里并未有睡过的痕迹。

冯卿安愣了愣，也不知昨晚经历的一切，究竟是不是她的一场梦。如若是许故深，那他怎么可能深夜回来一趟，只是为了看她一眼呢？

冯卿安摇头苦笑，或许只是她痛到极致的一场梦罢了。

直至午时，许故深才回来，他人还未进屋，阿连便耳聪目明，听到了外头的声音，他兴奋地将熬好的药递给冯卿安，便毛毛躁躁跑出去迎接。

冯卿安无奈笑笑，一口饮尽了这苦涩的药。她不由得开始想念还陵，他做事向来细心，知她心意。也不知现如今，他和念卿阁的诸位有没有受到牵连。

正想着，门口传来动静。

许故深好不容易寻了个借口从冯襄那儿风尘仆仆回来，见到房内的冯卿安安然无恙，他才放松下来。他倚在门上，一双漆黑的眼似笑非笑地望着冯卿安："昨日一日不见，公主可曾想我？"

冯卿安远远看着他，看出他的疲惫，诚恳点头："想啊。"

许故深眉梢一挑，面上带了些笑意："哦？"

"想你是不是被哥哥抓到窝藏我的证据了，又或者主动向哥哥举报了我，这才迟迟不归。"冯卿安说。

"不归？"许故深一怔，笑意加深，"看来公主果真很想念我。"

不归？这真是一个极其暧昧的字眼。

她并非许故深亲近之人，也并没有将这里当成她与他的家，这个词实在用得不太妥当。

冯卿安显然也意识到了，她抿了抿唇，补充道："只希望世子为了自身安危着想，不要轻举妄动的好。"

许故深弯唇："公主真是说笑了。"

话音刚落，他脸色微微一变，迅速朝门外扫了一眼，冷冷道：

"有人来了。"

冯卿安微讶，不由得也开始慌张。

不远处传来一阵嘈杂的声音，那声音渐渐朝这个方向而来。

冯卿安心里咯噔一下，与脸色凝重的许故深面面相觑。

是冯执涯的人寻到了他这里。

下一瞬，许故深毫不犹豫地走过来，当着冯卿安的面脱去外衫，径直上了床。他冷静地一把扯下悬挂在床头的帷幔，再扯下冯卿安头上束发的珠钗，让其一头如瀑般的长发披散下来。在她还未反应过来之际，他按住她的肩膀将她推倒，再将头埋在她脖颈处，与她耳鬓厮磨。

冯卿安张了张口，正打算推开他之际，许故深却率先开了口。他平静地低笑道："是王上派人来寻你，照例巡查所有地方，连冯襄那里也翻了个底朝天。公主若不想被抓回去，便忍一忍。"

"故深冒犯了。"他的气息浅浅地喷洒在她耳畔，微痒。

冯卿安一僵，有些无所适从。但她很快明白了许故深的意图，配合地不再推开他，可却无法控制自己的体温因为他的靠近而急速上升。

想必，他正是因为得知了这个消息，才急急赶回来。

毕竟，她如果被发现，他也会被连累。

只会是这个理由。

很快，门被人粗鲁地推开。

许故深眉头一蹙，双目半睐凉凉朝门口方向扫去，但下一瞬他神情一敛，嗓音慵懒道："是什么人敢打搅本世子的好兴致？"

门外传来阿连气急败坏的声音："殿下！他们非要闯进来，说是奉盛燕王的命令搜查……"他话语戛然而止，不可置信地盯着床的方向。

看清床上的场景，破门而入的年轻将军耳垂一下子通红，他呵退了身后正打算进来的侍卫们，朝许故深行礼道："抱歉世子！末将不知您正在……咳咳，末将奉王上之命前来搜查，还望世子体谅。"

他在弦京便听过许故深的名头，他和冯襄等人经常流连于烟花之地，行事风流放荡，夜不归宿也是常事。只是没想到，许故深居然胆大至此，将陌生女人带来了别苑，金屋藏娇。

想到这里，年轻将军嫌恶地皱了皱眉。

许故深一挥手，不以为然道："让他们去搜吧。"

他顿了顿，轻笑了一声，慢条斯理道："还请将军莫要告知王上。"说这句话时，他微微支撑着身子，彻底挡住了外头人的视线。他目光流连在冯卿安脸上，满眼掩饰不住的调笑。

被压在身下的冯卿安紧张得动也不敢动，全部注意力都放在外头人身上，注意到许故深的眼神，她一恼，伸手在他腰上狠狠掐了一记。

许故深未料到她的动作，闷哼一声。

这声音落入外头几人耳中，阿连脸色立刻变得微妙起来。

那年轻将军颇有些无奈，尴尬得不知如何是好。

"世子真是……也不看看这是哪里。"他眼不见为净，一拱手，"那末将便先退下了。"

"去忙吧。"

那年轻将军正打算出去，却眼风一扫，注意到了搁置在床边的空碗，与此同时，他也闻到了空气中尚未消散的药味。

他脚步一停。

他打量着整个竹屋，不紧不慢再度开口："末将冒昧打扰，敢问世子，这个女人是何人？姓甚名谁？"

阿连赶紧插话："是奕州本地人，我家殿下他火气旺……嗯，差我去寻来的女人，家底清清白白的。"

这句"火气旺"让帷幔里的气氛更加古怪，许故深眉头一蹙，颇有些无奈。冯卿安却好笑地弯了弯唇，眼神里明明白白显示着：你也有今天。

见她如此，许故深不由得眼神一软，也勾了勾嘴角。

"这个清清白白的女人看样子身体不太好？"年轻将军怀疑道。

"呵，"许故深低笑，"将军这是什么意思？怀疑我？"

"末将不敢。"年轻将军不卑不亢道。

见那将军仍有些犹疑，许故深动作轻佻地颔首轻轻吻了吻冯卿安的额头。他的唇很凉，而她额头微烫，相触的那一刹，两人都颤了颤。

"来，卿卿，跟将军打个招呼。"许故深望着她缓缓道。

冯卿安会意，手臂揽上许故深的脖颈，借力探出半张脸，压着嗓音道："将军好，卿卿见过将军。"

"将军看卿卿与我，可般配？"许故深笑道。

隔着层层帷幔，外头那将军并不能看清她究竟是何模样，冯卿安却透过隐隐约约的装束和五官认出了，这人正是南巡时接她出思卿殿，被还陵斥责的那位年轻将军。

他见过她。

冯卿安心一紧，再度将头缩了回来，轻轻凝眉朝许故深摇了摇头。

许故深也眉头一皱。

那将军上前一步，试图看清她："她……"

"放肆！"许故深厉声呵斥，他斜了那年轻将军一眼，"本世子的女人，也是你能细看的？"

许故深说话历来温温和和的，不与任何人交恶，此番突如其来的发怒让那年轻将军愣了一愣，他没料到这位世子这般喜怒无常。

继而想到许故深在盛燕国微妙的身份，他忍了忍，垂手后退一步，一拱手道："世子恕罪，末将也是奉命行事。"

"奉命行事？"许故深细细嚼了嚼这四个字，他轻轻笑了笑，这声笑让那年轻将军莫名有些毛骨悚然。

说话间，许故深抬手抚过冯卿安的眉眼。他手指抚过的地方带起轻微的刺痛感，他无声地朝冯卿安吐出几个字。

冯卿安心领神会，她迟疑了一瞬有些犹豫。

许故深定定地看着她，见她明显有些紧张，他轻轻地勾了勾嘴角，再度亲昵地俯下身，毫不顾忌那逐渐靠近的年轻将军，径直低声道："别怕。"

冯卿安一颤，稍稍避开了他，微不可察地点了下头。

此时，除了相信他，别无他法。

见许故深迟迟不肯让那女子露出真容，年轻将军越发怀疑，他一步步靠近床边："还请世子体谅，王上也是关心公主安危。这几日正是公主最为脆弱之时，王上他……"

他的话语戛然而止。

许故深掀开帷幔，下了床。帷幔掀开的那一刹，恰好露出里头那女子模模糊糊的半张脸。只一眼，那年轻将军便看清了，那女子粗眉黄脸，并非冯卿安。

许故深淡笑，语气却冷得厉害："既然如此，将军就好好看看，只是，卿卿姑娘我宠爱得紧，若是你吓着了她，莫要怪我不顾情面。"

年轻将军踌躇了一下，干咳一声，后退几步，面上却并未有多少歉疚："既然如此，末将就不打扰了。"

许故深低头漫不经心地拢了拢衣襟："好一句不打扰，将军此番闹出这么大动静，扫了我的兴致，该如何算？"不知想到什么，他忽而含笑抬眼，嗓音温和道，"对了，听闻将军即将迎娶的夫人是淮照人，不知将军是否需要故深做些什么，让将军得以顺利迎娶新人？虽然我早早来到盛燕国，可到底是淮照人，在淮照国还是有几分人脉的。"

年轻将军瞬间冷汗涔涔，生怕许故深对今日之事心怀怨懑，从中作梗，赶紧道："多谢世子关心，这等小事万不敢麻烦世子。"

屋内安静了很久，见他越来越紧张，许故深微微一笑："开玩笑罢了，将军不必往心里去。"

他轻飘飘扫一眼帷幔里头的冯卿安，再度重复道："还请将军莫要告知王上，这种紧要关头，还是不要给王上徒添没必要的烦恼了。"

"是。"年轻将军暗自松口气，赶忙肃声应道。

见那将军领着手下离开，阿连长长舒出了一口气，看样子比在场任何人都要紧张。他偷偷瞄一眼床上沉默不语的冯卿安，这才望向许故深："殿下？"

许故深也似笑非笑看一眼冯卿安的方向。

"去给公主打盆水来。"

"是。"

许故深在门口顿了片刻，轻轻呢喃出两个字，他笑容加深，随即头也不回地踏步而出。

冯卿安对着镜子将许故深抹在她脸上的东西——洗去，原本清澈的水立刻变得混浊起来。

好在时机掐得正好，因为只要那年轻将军稍稍多看一眼，又或者坚持要掀开帷幔仔细瞧，定能看出她脸上的破绽来。

怔怔望着恢复白净的脸，冯卿安有些恍神，也不知许故深身上怎会有这么多奇奇怪怪的东西，换作寻常人，在这种紧急情况下，定会露出马脚来。

她不由得想起狩猎赛那日的情形，许故深究竟是如何从多人的围攻中脱身的呢？还有他为何笃定那人的尸体不会被冯执涯的人发现？

之前事态危急，没那么多时间细想，现在仔细思考起来，处处疑点重重。

他的身上，委实藏了太多太多秘密。

又过了一日，冯卿安终于从毒发中逐渐缓了过来，身体恢复了不少。

因着昨日搜查的缘故，今日这里倒是安静了不少。天色渐渐暗下来，白日里的燥热消散，凉爽的气息扑面而来。

阿连瞅一眼冯卿安，再瞅一眼，还是忍不住劝道"外头风大，公主要不还是进去吧？"

冯卿安今天一整日都待在院子里，白日里温度适宜倒还好，现下气温有些低，阿连担心她可能会着凉。她若是出现什么差池，自己肯定会被殿下责骂。

一想到自家殿下悉心照料她，亲自为她煎药的样子，阿连不由得打了一个寒噤。

冯卿安合着眼摇头："不了。"

虽然此时此刻依然身处别苑之中，随时可能被冯执涯的人找到，但她还是想要享受这难得的静谧。

"阿连你先进去吧。"是许故深的声音，"我会在这里。"

阿连不情不愿应了一声，离开了。

冯卿安掀开眼帘瞥了一眼声音传来的方向——

不知许故深是何时回来的，她看着他慢慢走近，兀自一人坐在不远处的石桌旁，将一壶酒放置于桌上。竹林里光影斑驳，落在他精致的眉眼里，越发凸显得他洒脱随意得紧。

随着酒盖被掀开，那酒香丝丝缕缕蹿入冯卿安鼻子里，冯卿安眉头蹙了蹙，被勾起了一点兴致。她轻哼一声，心头暗恼许故深的不识趣，却又不好意思主动开口。

手执酒盅的许故深顿了顿，他扫一眼冯卿安，笑道："公主可要喝一杯？"

竹林特有的竹香伴随着酒香，说不出的好闻。周遭偶尔有一两声鸟鸣，说不出的好听。

冯卿安捧着酒盅置于鼻下深深地闻了闻，眉头却忍不住皱了皱。

许故深望着她微微一笑："公主会饮酒？"

冯卿安摇头："不会，我从未喝过酒，因为哥哥不允许。"

许故深笑容淡了淡，他伸手试图夺下冯卿安手中的酒，声音里带了些懊恼："是故深忘了，公主还须喝药，切不可饮酒。"

冯卿安避了避，垂下眼睫望着手中的酒，问他"酒好喝吗？"

许故深的手在空中滞了滞，慢慢放下后，才定定瞧着她，答："千般人喝千般种滋味。"

"所以？"

"又苦又涩。"

"那为何世人还爱喝酒？"冯卿安继续问。

"为解千般愁矣。"许故深继续答。

冯卿安将酒盅递到嘴边，她自嘲般笑了笑，唇边溢出两个梨窝来，说不出的娇俏可爱。

　　她抬眼望着许故深，轻声道："我生来便居于深宫，从未骑过马，从未独自外出过，从未结识过朋友，我剧毒缠身，常年卧病在床，身旁之人羡我者多，恨我妒我者亦多……你说，我需不需要喝一杯酒，解一解愁？"

　　许故深没说话。

　　冯卿安嗤笑一声，径直仰头喝下这酒。

　　一整杯烈酒下肚，冯卿安被呛得咳嗽连连，眼泪都要流出来。许故深叹息一声，轻轻在她后背拍了拍，帮她将顺气息。

　　好不容易气息缓了下来，冯卿安抬眸望着许故深，长舒一口气，一字一顿道："你说得对，我想逃。"

　　她想逃，她就是该死的懦弱胆小，冯执涯一步步将她逼到绝路，她毫无反击的能力，她受够了命运被人捏在手心里把玩。她想逃，逃离盛燕王宫，逃离奕州别苑，逃得越远越好，逃到没有冯执涯的地方。

　　这是她第一次在人前敞开心扉，只是，她不知道面前这个人，值不值得她这样做。

　　她从未相信过任何人，虽然许故深是淮照国派来的质子，需要依附哥哥才能在盛燕国占据一席之地，而且他心思深沉，绝非表露出来的那样。但抛开这些乱七八糟的因素，只有他，一次又一次帮过自己。

只有他。

他是她能否逃离的最后希望。

不敢说完全信任他，但经过他这几日的照顾，和他并未向冯执涯透露自己的行踪，她忍不住，想要相信他一回，相信他会继续帮助自己。

许故深一默。他何尝看不出冯卿安的心思，他并未立即回复什么，而是给自己倒上酒，这才意味深长道："后天，王上便打算启程回弦京了。"

冯卿安心头一震，意识到如若能把握住这个机会，这便是最后的希望。

许故深思忖道："那日你失踪后，王上查出来是马车有问题，且顺藤摸瓜找到了你曾换乘的那辆马车。只可惜，马车的主人遥州柳公子当夜也失踪了。他房间里只留下一封信，让王上交付赎金，付赎金之日恰好就是明日午时。经过调查，这柳公子是个冒牌货，真正的柳公子此番并未来奕州。王上认定绑架你的人依旧在别苑之中，所以一直在反复搜查。目前，王上并不知晓你是有意出逃。"

冯卿安默默听着，她很快明白过来，这层层布置一定都是叶眠做的，他果真做好了万全打算，根本没打算救她出去。他为了不引火上身，伪造出所谓的柳公子，还将责任尽数推到了所谓的柳公子身上。即便她被抓回去，为了不暴露她的心思，也定不会攀咬出他来，好计谋好打算。

如此，也算是给她留了情面，给她的"失踪"找了一个借口了。

许故深不急不缓地执起酒盅，问她："如果此番你真能离开，你打算去哪里？"

冯卿安愣了愣，她从未认真考虑过这个问题，要想顺利逃出去太难了，难到她不敢去设想。

她摇头，低喃道："去哪里都好，只要能离开……只要，能离开。"

"你可想清楚了，一旦离开，便再也不是盛燕国的公主，再也无法过荣华富贵的日子，而是一个再平常不过的普通人。如此，你也想走？再则，你一旦离开，便要面临无穷无尽的追捕，可能穷其一生都无法过安定的日子。"

冯卿安静了静，轻笑摇头，眼底一派平静："公主如何？普通人又如何？倘若真能做一个无忧无虑无病无痛的普通人，不比一只被豢养在笼中的金丝雀要好上许多吗？天地辽阔，总会有我的容身之处。"

许故深一抿唇，垂眸掩住眼底情绪："是吗？"

他一抬腕，将杯中酒饮尽。

冯卿安不再看他，试图再度给自己倒酒，却因为酒劲上头，她脸泛起红晕，手指也有些轻微的发抖。

"卿卿。"他忽而喊她的名字。

冯卿安一愣，没料到许故深会突然唤这个名字，她心跳没由来地漏了一拍，手指一颤，险些将手中酒壶打翻。

"什么？"她勉强笑了笑。

许故深搁下手中酒盅，停了停，眼眸深深望着她问："你想不想，随我去淮照国？"

你想不想，随我去淮照国？

话音一落，冯卿安再也控制不住力道，手中酒壶摔在了地上，清冽的酒溅到两人的衣角上，浓烈的酒香顺着微凉的清风蔓延开。

问这句话时，许故深并没笑，眼睛一眨不眨地凝在对面人身上，冯卿安从未见过他如此正经的模样。

冯卿安僵了僵，脸色微变，慌乱地移开视线。

淮照国，那是真正属于他许故深的地方，他迟早有一天会回到那里。但目前他自身都难保，又谈何带上自己一起回去呢……他问这句话究竟是什么意思？

她没有立即回复这句问话，又或者说，是不敢想不敢回答。可心底却有一丝莫名的情绪升起，似喜似悲，她也说不清究竟是什么。她定了定神，无奈地笑了笑："啊，不小心将你的酒洒了，日后……日后我赔你一壶。"

"不用了。"许故深笑了笑，并未在意。

他望了望天色，亦不再继续这个话题，好似刚才的问话只是随口一提罢了。

他起身悠悠道："夜里凉，公主还是进去歇息吧。"

搀扶着冯卿安进了房间，许故深不再停留，转身而出。在他即将踏出房门之际，冯卿安望着他的背影，轻轻扯了扯嘴角，缓缓启唇，语焉不详地低声自语了一句："有何不可？"

随你去淮照国，有何不可？

许故深脚步停了一瞬，也不知是否听清了这几个字，很快推门径直而出。

长夜漫漫，不知是谁，长长叹息一声，辗转反侧不得入眠。

时间过得飞快，很快便临近叶眠信件中交付赎金的时辰了。

冯卿安目光自面前热气腾腾的药碗上移开，飞快地抬眸望了一眼天色，心下越发不安且雀跃。她不知道冯执涯如果没有按信件中所说的见到自己，会如何？

不论如何，她都已经无暇顾及，一颗心扑通扑通跳得飞快。冯执涯定然不会知晓自己藏身于这里，只要不出意外，等冯执涯离开后，她很快就能顺利出逃。

这是她最后的希望，这是她离自由最近的一次，近到几乎触手可及。

"公主今日看起来倒是比前两日好多了。"许故深自竹林深处小道而来，打断了她的思绪。

冯卿安举目望去，恰好见到几片竹叶打着旋儿悠悠落至他的玄色衣袍和腰间佩剑上。他眉眼深邃，倘若忽视他唇边那散漫的笑容，气质出尘的他恍如谪仙。他利落地翻身下了马，将马交给阿连后，行至冯卿安跟前。

冯卿安望着他走近，问道："世子今日怎么回这么早？"

许故深轻轻弯了弯嘴角，抬眼看着她道："明日便要启程回弦京，总得花些时间收拾收拾行李。"

冯卿安轻轻颔首，她摩挲着手中药碗的纹路，老半天才喃喃道："也不知我离开后……哥哥会如何处置还陵他们……"

许故深眸色微暗，敛住笑，微一抬眉"公主打算如何离开？"

冯卿安兀自笑了笑，过了半晌她才笃定地扬唇望着许故深道："世子可愿借我一匹马、一点碎银子，以及三日的干粮和几件旧衣裳？如若有机会……卿安定亲自到淮照国偿还给世子。"

她的眼眸清亮，带着几分抑制不住的喜悦。

许故深极轻地一蹙眉，似不忍看她这眼神，静了一瞬，他方才淡淡道："公主放心，故深自有安排。"

许故深不再说话，自顾自坐在一旁，取出腰间长剑慢悠悠擦拭起来，他时不时凝神瞥一眼竹林的方向，好似在等待些什么。

冯卿安也不再说话，吹了吹手中凉得差不多的药，一点点滑入喉中。或许是心绪使然，这药竟没有往日那般苦涩了。

直到冯卿安慢慢将碗中的药饮尽，许故深这才垂下眼睫，一边拭着剑一边漫不经心地开口叮嘱道："以后，公主还是不要再喝流火了。"

冯卿安一愣，有些心不在焉："再喝什么？流火？"

许故深轻轻笑了笑，搁下剑，自贴身携带的一个小瓶子里摸出一粒黄色的药丸来。他当着冯卿安的面将药丸丢入盛着清水的碗中，那药丸遇热水则化，很快化为一碗黄色的药水。

冯卿安一震，倏地抬眸看着他。

却见面前的他嘴唇一张一合，轻轻地吐出几个字："这便是流火。"

那药散发着某种奇异的花香，与这四年间冯执涯月月给她喝的"药"一模一样。唯一的差异便是眼前这碗流火要比她以前喝的药颜色要深几分。

冯卿安脸色霎时间变得惨白，她艰难地开口："这是……"

"没错。"许故深坦荡地承认，他眸色很深，情绪半点不露，"公主所中之毒便是流火。"

早期冯卿安身上所中之毒是淮照国特有的植物流火花提炼而成的慢性毒药，不足以致命，却能使人的身体一点点变得衰败，脚步虚浮全身无力而容颜不改。这毒每逢月底便会发作。而后来她喝的流火并非致命毒药，所以并无彻底解除毒性的解药。

冯执涯为了将她桎梏在自己身边，急不可耐地将淮照国进贡的流火花之毒用在了尚且年幼无知的冯卿安身上。之后他又担心这药过于狠辣，便在召集名医的同时隐晦地搜集替换流火花的毒。他一方面无法放弃禁锢冯卿安，一方面又不忍她疼痛难忍。

许故深嘴角自嘲地弯起似有若无的弧度，语气温和口中的话语却残忍无比："流火相较于流火花之毒，毒性不改，疼痛感却削减不少。正是四年前入宫的那个晚上，我亲自献给盛燕王的。"

他每说一个字，冯卿安望向他的目光就冷上一分，直至他说完，眼里更是半分温度也没有了。

在这刹那，她对他的所有感激消失殆尽。

四年前，她懵懂无知，吃过喝过无数冯执涯送到她宫里的东西，早已记不清是何时服下了流火花之毒。

四年后，她虽警惕了不少，却依旧丝毫没有怀疑过自己身上之毒是有人刻意为之，并未提防入口之物。她怎么也没料到她以为的治疗药物居然会是致使她中毒的毒药。

而许故深，凭借着敬献桎梏自己的毒药，得以接近冯襄一行人，逐渐取得冯执涯的信赖。

而这一切都是建立在她的痛苦之上的。

这一刻，她觉得自己仿佛是个笑话。

冯卿安倏地站起身，不愿再继续与他交谈。她边撑着身体颤颤巍巍往房里走，边平静道："世子事务繁忙，恐怕无暇替卿安准备那些烦琐的东西，不过也无妨，卿安身体不便，明日估计无法起身恭送世子，我们就此别过后会无期。"

"公主。"身后的许故深喊住她。

冯卿安停下脚步。

"不论如何……"他顿住了话头，眉眼变凉，兀自勾了勾唇角，似有若无地叹息了一声。

"故深只求公主日后身体安康，万事无忧。"他低声说。

冯卿安一默，觉得他这句话真真可笑。她头也不回地冷笑一声："身体安康？好一句身体安康，我……"

她正欲再说些什么，许故深却已经站起身，躬身朝着某个方向行礼。

"王上。"他拔高声音平静地唤道。

冯卿安背脊一凉，未出口的话堵在了嗓子眼里，无尽的愤怒霎时间转化为恐惧。她几乎不敢相信自己的耳朵，密密匝匝的寒意瞬间遍及全身，她呼吸一乱，只觉心如死灰。

紧接着，她便听到身后传来了一个熟悉的低沉嗓音——

"卿安。"

永黎十三年，秋。

长达三个多月的南巡落入尾声。

在此次南巡的过程中，盛燕王冯执涯体察民情，清查贪官污吏获得了百姓们的广泛赞誉。同时，他大肆招揽人才，培植了新的世族势力，率领着包括奕州叶氏名门之后叶眠、昌州苏氏名门之后苏怀玉在内的多位盛燕国名士一同启程返回了王都弦京。

唯一美中不足的，便是卿安公主在重兵把守的奕州别苑之内遭遇袭击，失踪多日。幸而最终被淮照国世子许故深找到，将其成功从绑匪手中营救而出，有惊无险。

绑匪畏罪自杀，而冯执涯经过层层的调查取证，从获知的线索中推测出，策划绑架冯卿安，利用冯卿安威胁他之人隐隐与淮照国四殿下有关。

消息传到淮照国，遭到了四殿下的驳斥，称其为无稽之谈。

但不可否认的是，经此事件后，盛燕国与淮照国的关系越发剑拔弩张。

长
歌
不
休

第八章

◆ 反击

永黎十四年，冬末。

一整夜的风雪让弦京城覆上了圣洁的颜色。这一刻，好似所有隐藏在盛燕王宫的森冷污秽都不曾存在过一样。

随着黎明的降临，弦京的大门缓缓打开，一小队身披铠甲的士兵挥舞着一面大红色旗帜自外而入，马蹄声不绝，显眼的红踏过厚重的雪，一路畅通无阻地将好消息带至了盛燕王宫。

近些年来，盛燕国与淮照国接壤的月牙古城一直动荡不安。月牙古城地理位置优越，易守难攻，两国都想将其占为己有，一直在明争暗斗。

淮照国太子许栖在盛燕王宫身亡后，冯执涯为了息事宁人安抚淮照王，下令撤退了原本驻守在月牙古城的士兵。虽未明说，意思却再明显不过，是将月牙古城让给了淮照国，作为两国和平的象征。盛燕国势大，淮照国不敢与其正面相抗，表面上欣喜万分，暗地里却耍心眼。毕竟自家未来要继承王位的太子死了，说到底，还是一桩赔本买卖。

月牙古城被淮照王赐给了膝下第四子，四殿下在月牙古城里排兵布阵，俨然将其当成了自家练兵场，时不时还会大刺刺入侵盛燕国的土地，今日入侵一寸，明日入侵一尺，盛燕国边境的百姓皆敢怒不敢言。冯执涯碍于情面，只要不做得太过分，也只能选择睁一只眼闭一只眼。

近一年以来，冯执涯特令许故深领一队兵去灭一灭淮照国的风头，将那一点点被蚕食掉的土地翻倍夺回来。

而许故深也不负众望，频频从边境送来捷报。

一年半以前，许故深因为将"被绑架"的卿安公主救出，彻底赢得了冯执涯的信任。他不仅将此次"失踪"事件顺水推舟诬陷了淮照国四殿下，还将其与冯卿安在狩猎赛上遇险一事联系到了一起，使得冯执涯对淮照国起了疑心。

淮照王已经年迈，玩手段玩心计远远比不过冯执涯。冯执涯有意让许故深与他的四哥手足相残，而身为淮照人的许故深乐得当其手中利刃，反击他四哥的党羽。

但归根到底，这一抢一夺不过是小打小闹罢了。

明面上，盛燕国与淮照国依然是和和气气的。

传递消息的使臣自思卿殿前策马而过，扬起的薄雪溅至思卿殿紧闭的大门上。

同样覆盖着皑皑白雪的盛燕王宫里，来往的太监婢女皆换上了厚重的衣裳。但整个思卿殿里的侍女却依旧和往日一样，仅仅穿着薄衫，因为整个思卿殿到处都是暖融融的。

冯卿安畏冷，因着五年前那个晚上感染的风寒，落下了病根。是以，每年冬天，冯执涯都会早早送来无数暖炉炭火，让冯卿安无论走到何处都感觉不到一丝寒意。

"嘶……"

望着指尖迅速冒出的血珠，冯卿安眉头皱了皱。

立在一旁的还陵一蹙眉，动作麻利地翻出药箱来，有些心疼道："公主小心些，这些花纹过于烦琐，不如就交给绣娘绣吧，心意到了就行了。"

冯卿安笑了笑"不过是被扎了一针罢了，你不用如此紧张。"

还陵默了一瞬，不辨情绪道："公主这几个月为了准备这件礼物统共被扎了无数针，绣工从头学起，还向江妃娘娘讨教了好几次，两只手都快扎成筛子了，公主倒是不心疼。"

冯卿安用没被扎的那只手细细摩挲着怀里精致柔软的长袍，有些微的恍神。这是她亲手为冯执涯缝制的长袍，一针一线都是出自她之手，足足缝制了数月，绝不肯让旁人相助。

去年南巡冯卿安被"绑架"一事虽然在叶眠和许故深各怀心思的布置下勉强掩盖了过去，她为了自保自然也无法戳破许故深，只能打落牙齿和血吞，被迫被他利用，顺着他的话承认自己被他所救。

她顺理成章地没有被过多怀疑，却也再没有机会离开。

红墙青瓦，数不尽的奇花异草，闻不完的苦涩草药味，周遭的一切她再熟悉不过。

她缓缓吐出一口气，轻笑一声："哥哥的生辰马上快到了，能不紧赶慢赶吗？"

还陵动作滞了一瞬，垂眸道："公主为了王上真是费心了，王上知道了一定很开心。"

冯卿安手指紧了紧："嗯，希望吧。"

不知过了多久，门外传来轻微的说话声，冯卿安不闻不问继续低头干着手中的活。等了片刻，便见守候在门外的婢女进来，在还陵耳边低语了几句，待她出去后，还陵这才对冯卿安道："是朱太医来了。"

冯卿安一顿，将手中长袍递至还陵手中，面上浮起一丝浅笑："唔，让他进来吧。"

朱太医是宫里人人敬重的太医，自冯执涯继位以来，冯卿安便一直是由他亲手照料，他每月都会按时来问诊，临近月底毒发之日尤其来得频繁。他向来听命于冯执涯，一有风吹草动便会向冯执涯禀报，可他此刻却并未履行使问诊之责，而是话也不敢说，唯唯诺诺地跪在冯卿安身前，只等冯卿安开口。

静了良久，冯卿安才轻轻笑开："朱太医这么紧张做什么？"

朱太医擦了一把额上虚汗："公主身体好转了不少，臣是在替公主高兴，并……并未紧张。"

"哦？高兴？"冯卿安低喃，"朱太医为什么替我高兴呢？"

朱太医打了个寒噤，神情有些慌张，讷讷说不出话来。

自南巡回来后，卿安公主便变了。她不再温和寡言，而是逐渐锋芒毕露起来。

朱太医早些年是倚靠着原配妻子的家族力量才从老家辗转来到弦京，他高超的医术渐渐传入盛燕王宫，这才得以入宫为太医。是以，他对原配没有爱只有敬。入宫的这些年，他偷偷觊觎盛燕王冯执涯一位并不受宠的妃子，与她苟且后使得她怀上了身孕，不得已只好设计让这位妃子假死。他向来得盛燕王信任，再加上盛燕王对那位妃子并无留恋，所以得以顺利出宫。

现在那位妃子正在他的老家带孩子。

朱太医战战兢兢看了冯卿安一眼，他根本不知道一直居于深宫的公主，是如何得知这些讯息，并借此要挟他的。

更可怕的是，公主究竟从何得知，她月月饮用的流火就是致使她身体衰败的毒药的呢？

冯卿安笑了，她招手示意朱太医起身，将手腕伸出去，这才不急不缓道："朱太医总不能月月白跑一趟，就替我看看吧。"

见冯卿安脉象相比之前平稳了不少，朱太医退开一步，躬身道："恭喜公主，身体已经日渐好转了。"

朱太医暗暗思忖着，卿安公主中毒已久，即便这一年多以来停饮流火，体内余毒也无法清除。但比起前几年，到底是好了不少，发病的频率也少了许多，甚至偶尔一整个月都不会发作。

当然，为了避免露出破绽，惹得冯执涯怀疑，那几日冯卿安仍旧卧床养病。

冯卿安笑了："多亏朱太医悉心照料。"

朱太医僵了僵："不敢不敢……"

话音刚落，门口的太监婢女们齐声高呼："参见王上。"

冯执涯在这声音中推门而入，他剑眉星目，不笑时一双眸子沉郁阴冷得可怕。可此时他面上却是带着三分笑意："在聊什么呢？笑这么开心？"

冯卿安一凛，面上却依旧挂着温柔的笑容，她手指往衣袖里藏了藏，软着嗓音道："哥哥来了？是朱太医正在为卿安看病呢。"

冯执涯任由婢女替他褪下厚重的大氅，顺势将目光落到朱太医身上，狭长的眼眸微微眯起："哦？公主身体如何？"

朱太医应声："回禀王上，公主身体好转了不少，精神状态好多了。"

冯执涯有些诧异，含笑望向冯卿安："嗯，我也瞧着卿安这段日子身体好转了不少。"

冯卿安笑答："这得益于朱太医日渐精进的医术，还有哥哥的功劳，若不是哥哥找了那么多名医来给卿安看病，卿安怎么会渐渐好转起来呢？"

冯执涯睨了朱太医一眼，似笑非笑道："公主可有按时服药？"

朱太医自然明白他的意思，怕冯执涯怀疑自己，赶忙答道："自然有，公主凤体日渐安康，此乃祥瑞之兆啊。"

他私藏冯执涯妃子的事情尽数捏在冯卿安手中，自然是不敢告知冯执涯，冯卿安早已断掉了他月月赐给她的那味流火。

冯执涯嘴角一勾，若有所思地移开视线，慢慢道："那便好。"

等朱太医离开后，冯执涯吩咐身后太监打开食盒，将一碗热腾腾的羹汤端出来。他笑道："这是故深从月牙古城差人送来的珍稀药材熬制的羹汤，最是滋补，虽说你现在好了不少，但还是不能掉以轻心。"

听他提起许故深的名字，冯卿撇嘴道："卿安刚刚用过早膳，现在不饿。"

看她耍小性子，冯执涯觉得好笑，安抚道："故深歹也是你的恩人，三番五次救过你，"冯执涯细细打量着冯卿安的神色，"你该心怀感恩才是。"

冯卿安丝毫没打算掩饰自己的不开心，轻哼一声道："算了吧，虽说他的确救过卿安不假，但卿安总觉得他不怀好意，卿安就是看不惯他这么讨好哥哥……说不定啊，就是他跟那个什么淮照国的四殿下联手合作绑架的我，然后再将我救出来，这么一来，哥哥肯定会看重他。总之，总之……卿安就是不喜欢他。"

见冯卿安排斥许故深，冯执涯神情变得微妙起来，他眼眸一眯，嘴角微微上扬："好了好了，卿安别闹了，哥哥自有判断。"

冯卿安这才心不甘情不愿地说："那好吧。"

这么一番话下来，冯执涯便不再催促着冯卿安喝那碗羹汤。

她明白，冯执涯自然不会因为自己三言两语的胡说八道就怀疑许故深，但只要能为许故深不择手段向上爬的道路制造哪怕一丁点的障碍，她何乐而不为呢？

等冯执涯离开后，冯卿安唤还陵将那绣了大半的长袍取来，继续一针一线细细缝制，她看也不看那羹汤一眼。

还陵几次三番望向那羹汤，还是忍不住道："公主，王上送来的羹汤快凉了……"

冯卿安头也不抬，语气平静地打断他："拿去倒掉。"

还陵愣怔了一瞬，顺从地应道："是。"

在还陵端起羹汤之际，冯卿安又淡淡补充了一句："小心些，不要让人看到了。"

她冷漠神情中带了几分厌恶，自南巡归来后，她便再也不吃不喝任何盛燕王送来的东西了。

"……是。"还陵道。

看着还陵提着食盒推门而出，冯卿安脸上浮现出一丝似有若无的冷笑。她手中动作不停，继续认真地用金线细细描绘着长袍上的花纹。

自那日起，不论是许故深还是冯执涯，她都不会再相信。她甚至为那时的她居然选择信任许故深，向他寻求帮助而感到耻辱。

像他这种城府极深之辈是万万不可信的。是她错了，是她看错了人，错放了一颗真心。

自那日起，她知道，自己再没有机会逃了。

她曾有过三次离开的机会，前两次是叶家人负了她，而最后一次是希望最大的一次，也是她离自由最近的一次。

可斩断她最后一丝希望的人，便是许故深。

接连下了多日的风雪终于停了，冯卿安为冯执涯准备的生辰贺礼也终于缝制完毕。

思卿殿中，望着那精致的长袍，江微岚赞不绝口："妹妹真是心灵手巧，一点就通，绣工比我好多了。"

冯卿安羞涩地笑笑，扶着她坐下，扫了一眼她微微隆起的小腹，这才道："微岚姐姐真是说笑了，我的绣工怎么能和姐姐比？"

江微岚面上浮出喜色，爱怜地抚摸着小腹："若不是因为这个孩子，我也想为王上亲手做些什么。"

"姐姐的孩子便是最好的礼物。"冯卿安招呼着还陵将那件长袍收入锦盒之中，这才继续道，"姐姐只需吃好喝好休息好，哥哥便很开心了。"

江微岚腹中的孩儿是冯执涯的第一个孩子，冯执涯继位十四年以来，对后宫妃嫔雨露均沾，可奇怪的是，一直没有子嗣。前朝大臣催促过多次，冯执涯却一直不以为然，他对后宫妃嫔极少理会，并未特别宠爱过谁。在所有人眼中，他一直以政务为重，所以这么多年以来，他的后宫很是太平。

直到近一年来，他对江微岚颇多关注，时常召她侍寝，而江微岚也不负众望地怀上了他的第一个孩子。

这个孩子成了众人关注的焦点，江微岚站在风口浪尖上，一言一行都要万分小心。冯卿安作为宫中江微岚唯一信赖的人，一直力所能及地照顾她。

听了冯卿安的安慰，江微岚喜上眉梢。过了半晌，她的笑容才渐渐收起，她轻叹一声，有些忧心忡忡："王上关心我，怕人打搅到我，前几日安排我搬离原本居住的地方，搬到了另一个僻静的宫殿。"

冯卿安笑道："这不是好事吗？"

江微岚摇头："虽说那里的确很适合静养，可是……"她有些惶惶不安，"我那南照殿离冷宫很近，不知道是不是我的错觉，有的时候，半夜三更我总会听到远处传来一个女人的凄厉哭喊声……怪可怕的。"

冯卿安一愣，脑海中忽然想起一件往事来，她定了定神道："姐姐可有告知哥哥？"

江微岚点头，有些委屈："王上让我不要过于紧张，说我是因为怀孕，所以才疑神疑鬼的，还说即便真有人在夜里哭喊，也伤不到我。"

"既然如此，那姐姐便不要再理会这些。"冯卿安唤还陵替江微岚准备些安神的熏香来，对她道，"姐姐应该是睡眠不好，不如从我这儿带些熏香回去，保准夜夜安睡。"

正说着话，外头忽而有太监敲门禀告："娘娘，王上正在您宫中等候您，现在接您的轿子就在外头。"

那是冯执涯的贴身大太监，话虽是对江微岚说的，可他的余光却一直不动声色地打量着冯卿安的神情。

江微岚怔了怔，自她怀孕后，冯执涯便鲜来看她了。她朝冯卿安抿唇一笑，欣喜道："妹妹，王上正在等我，我先回去了，改日我再来寻妹妹说话。"

冯卿安有些心不在焉，点头应道："姐姐路上小心。"

她这副有些失魂落魄的样子落入那太监的眼里，又是另一番意思。

待他们前呼后拥地离开思卿殿后，喝过还陵亲手煎的滋补中药，冯卿安便早早上床歇息了。虽然合上了眼，她却丝毫没有睡意。

她心里清楚，冯执涯刚才差人从她这里唤走江微岚是特意做给她看的，但她此刻已经无暇揣摩冯执涯的心思，满心想的都是另一件事——

江微岚口中所说的那个女人，如果她没料错的话，便是南巡之前她被惊醒的某个夜晚，所听到的哭喊声。

那个疯掉的婢女正是独自居住在冷宫之中。

淮照国太子的离奇死亡、许故深独自一人出现在宫中……往事一一掠过她脑海。

她自然不信什么鬼魂之说，淮照国太子究竟是为何而死，其中又是否隐藏着什么惊世骇俗的秘密呢……

关于这件事，有太多太多的谜团没被解开。

不论此事冯执涯是否插手其中，又是否在其中起到了某种作用，不可否认的是，嫌疑最大的，便是深夜入宫的淮照国太子的弟弟，身处异国孤立无援的许故深。

思索了良久，她才沉沉睡去。

又是一场梦魇。

梦中是五年前的场景，许故深含笑将解药递至毫无反抗能力的她口中，他意味深长地在她耳畔一遍又一遍低喃，他是她的恩人，她逃不了了。

这场梦她反反复复做过许多次，每次都让她冷汗涔涔担惊受怕，深陷梦魇之中无法醒来。

但现在不同了。

恩人？她觉得可笑至极。

逃？不，她已经不想逃了。

既然所有人都不让她逃，都逼着她，推着她到冯执涯身旁，那她留下便是。

她恨下毒禁锢她以及害死她母亲的冯执涯，恨一心只想复仇对她的处境不闻不问的冷血叶家，更恨利用她上位辜负她信任的许故深。

好，好得很。

既然无法逃离这囚禁她的盛燕王宫，无法逃离冯执涯的掌控。

那么，她便留在这深宫之中。

她要权势滔天，要万人敬仰。

她要凭自己的力量将冯执涯狠狠踩在脚下，将许故深狠狠踩在脚下。

冯执涯的生辰很快便到了，近些日子，喜事一桩接一桩。

江微岚怀上冯执涯的子嗣，极有可能是未来盛燕国之主；许故深率兵收复了淮照国四殿下占领的盛燕国土地；还有便是，冯卿安身体日渐好转了。

冯执涯大喜，下令在他生辰这一日大赦天下。

临出门前，还陵仔细地给冯卿安披上暖和的大氅，确保不让冷风透过缝隙侵入她的身体里。一切准备妥当后，这才抱上装有礼物的锦盒，扶着冯卿安上了软轿。

刚刚上轿正打算出发，冯卿安却透过厚重的帘子吩咐道"先去微岚姐姐的南照殿，她有孕在身，我有些担心她。"

还陵有些惊诧，江微岚怀有身孕，按理说早早便被王上接走了才对，公主不可能不知道这些，但他还是顺从道："是。"

好不容易绕了条远路，来到江微岚所居的南照殿，便得知她早已被冯执涯接走。

还陵长舒一口气，恭敬地在轿子前问："公主，是否直接去芳华殿？"

冯卿安没立即回话，而是微微掀开帘子一角，凝神望向另一个方向，那处地方许久未曾修葺过，杂草丛生，隐隐透着几分阴冷。

那是冷宫。

"今日是哥哥的生辰，你说，微岚姐姐会准备些什么送给哥哥？"冯卿安忽然开口。

还陵愣了一瞬，没料到公主突然问起这个，思索了一阵，答道："奴才不知。"

冯卿安笑了笑，抬了抬音量："不论姐姐送哥哥怎样的生辰礼物，哥哥都会开心吧。"

她视线再度轻飘飘扫了那冷宫一眼，良久，她低低一笑："既然如此，走吧。"

"是。"

芳华殿很是热闹，歌舞不绝。

冯卿安的位置被安排在了冯执涯的身侧，而另一侧则坐着江微岚。

下方左侧依次端坐着朝中德高望重的大臣，以及冯襄、祝清蝉等人；右侧则是淮照国、濮丘国派来庆生的使臣。

连南巡时，被冯执涯招揽的名士们也占据了大殿的一席之地。这一年以来，他们在朝中崭露头角，能力出众者得到冯执涯的赏识，封官晋爵。

冯卿安不着痕迹地和端坐于远处的叶眠对视了一眼，叶眠一顿，恍若未觉，转头继续与身旁的人谈笑风生。

冯卿安也平静地收回目光，唇边溢出一丝微不可察的笑。

冯执涯果然很喜欢冯卿安所赠的长衫，尤其在听说是她亲手缝制的之后，更是即刻返回了附近寝宫，换上了那件长衫，以示珍重。

冯卿安望着身旁穿着她亲手缝制的长衫的冯执涯，眼神微闪，她微笑道："哥哥喜欢便好，卿安原本还担心会不合身。"

冯执涯大笑，亲昵地抓住她一只手，嗓音有些低哑："若担心不合身，卿安只管来找哥哥试一试便是。"

冯卿安僵了僵，面上却笑容不改："这不是为了给哥哥一个惊喜吗？"

看冯执涯难得的喜形于色，江微岚有些艳羡，插话道："微岚原本也想亲手给王上绣上一件贴身小物的……"

冯执涯敷衍地转头拍拍她的手："你安心照料本王的孩儿，便是最好的礼物。"

冯卿安体贴地帮腔道："微岚姐姐手艺再好不过，卿安此次就是向姐姐取经，这才顺利完成这件长衫。"

"哦，是吗？"冯执涯语气不咸不淡。

"王上……"

江微岚还欲再说些什么，却被冯执涯稍显不耐烦地打断："好了，你之前不是送过我一条亲手绣的帕子吗？我很是喜欢。"

江微岚一愣，看着身旁的冯执涯继续与冯卿安交谈，丝毫不顾及自己，剩下的话语生生梗在了喉咙里。

她苦涩地扯了扯嘴角，因怀有身孕得以在冯执涯生辰之日伴在他一侧的喜悦霎时被冲散了不少。

她何尝不知道，那条自己精心缝制的手帕冯执涯从未带在身边。若不是她偶尔跑去冯执涯书房送粥，她永远也不会知道，那条手帕早已被压在了层层折子之下，无人理会。

在冯执涯与不远处几位臣子闲聊之际，一个声音打断了殿中的歌舞声。

"报！"有侍卫单膝跪在大殿中央。

冯执涯神情一肃，眯眼看过去："何事？"

跪在殿中的那侍卫大声道："启禀王上，许世子回来了。"

冯执涯眼神颇有些玩味，倏地笑了："让他进来。"

"是！"

话音刚落，那两个淮照国来的使臣对视一眼，脸色难看了几分。他们明知冯执涯是故意让许故深反击四殿下，故意让许故深在此时返回弦京，故意羞辱淮照国，却又反抗不得。

与此同时，端坐在冯执涯身旁的冯卿安手指微微一抖，她笑容一敛，目光一眨不眨地凝在门口的方向，只等那个熟悉的身影出现。时隔一年半，她终于要再度与他见面了。

这一刻，她心底积压了许久的恨意翻涌出来，恨不能立即冲上去将他抽筋剥皮吞吃入腹。

在冯执涯面前她尚能忍耐，一步一步筹谋慢慢来，却不知为何，克制不住对许故深的恨。

在众人的簇拥下，缓缓走近的许故深一身黑色铠甲，说不出的英姿飒爽。刚从寒冷的室外进来，他眉眼染上风霜，深沉湿漉。他像往常一般含着散漫的笑，却又多添了一分冷硬果敢。

他单膝落地，朗声道："参见王上。"

冯执涯含笑："故深不必多礼，奔波劳累了这么多日，快快休息吧。"

许故深笑："能为王上效力，再奔波也是值得的。"

那两个淮照国使臣听许故深这么说，脸都青了。两人都在心里骂许故深是个背弃国家背弃亲人的走狗，可他们却忘了，正是他最信赖的国家和亲人，亲手将他送到了陌生的盛燕国。

许故深招手唤身后人送上一个大箱子，当着冯执涯的面打开了它："王上，这是月牙古城的百姓送给您的生辰贺礼。"

周围人好奇，皆探头看过来，只有端坐于上方的冯执涯和冯卿安等人能一览无遗。箱子里头装着一些平淡无奇的土特产，都是古城里的百姓亲手种植的农作物，看起来很是寒酸。

只一眼，冯执涯便渐渐收起了笑意。

见冯执涯不语，周围人议论纷纷起来，一些土特产而已，有何稀奇的？许故深莫不是在古城待久了，整个人都魔怔了不成？王上怎么可能稀罕这种东西啊？

连一旁的江微岚也不解地轻声喃喃："这都是些什么啊，

世子未免太小气了吧……"

　　坐在冯执涯身旁的冯卿安却轻轻一皱眉，她远远地与同样神情凝重的叶眠交换了一个眼神。这不仅仅是土特产这么简单。古城百姓替冯执涯贺生，这意味着，许故深不仅击退了淮照国四殿下的兵马，还收复了月牙古城。

　　那是月牙古城百姓献给冯执涯的贺礼，更是许故深献给冯执涯的贺礼——月牙古城。

　　只怕此事之后，许故深会更得冯执涯的信任。

　　良久，冯执涯笑了。他命人将那一大箱土特产悉心收起，这才意味深长道："辛苦了。"

　　许故深一勾唇，道："月牙古城百姓皆敬仰王上，特意让故深替他们送上贺礼，祝王上洪福齐天。"

　　简短的几句话让冯执涯脸上的笑意越发加深，他自然无法在大庭广众之下与许故深细谈，便让许故深落了座。

　　歌舞丝竹之声再起，没有人再细想刚才之事。

　　一旁的冯襄兴奋不已，不停地向许故深打听月牙古城的情况，有哪些好吃的好玩的，还笑说月牙古城的人是不是都很穷，甚至问他是否在那边结识了什么红颜知己。

　　许故深也不恼，一直含笑回复他。坐在冯襄另一边的祝清蝉见许故深没搭理自己，径直绕过来，挤开冯襄坐在许故深身旁与他说话。

趁着冯执涯与他人交谈之际，冯卿安一直牢牢盯着许故深，试图从他极淡的表情中看出什么来。

许故深似有所感，抬眸望向冯卿安的方向，视线恰好与她相撞，两人都没有避开。他漆黑的眼望着她，唇畔轻轻弯起似有若无的弧度，忽而执起面前酒盅遥遥朝她的方向举杯。

冯襄只道他是在向冯执涯举杯，并没什么反应。祝清蝉却循着他视线望了过去，注意到冯卿安望过来的眼神，她怔了怔，神情有些复杂，飞快地别开眼不再说话了。

冯卿安面无表情，低头轻抿一口杯中果酒，并未理会他。入口的果酒酒味很淡，而是酸酸甜甜的，很是好喝。可即便再淡，对她而言也足以醉人，酒劲上头后，她手指颤了颤，心仿佛也颤了颤。

许故深一顿，兀自笑了笑，径直收回手将杯中酒饮尽，满嘴苦涩。

这一瞬，他们同时想起了那夜的对酌，可和那夜相比，酒液入口的感觉全然不同，心境也全然不同了。

或许，那是他们最亲近的一次，以后，再不会有那样的机会了。

正思忖着，门外突然传来一阵喧嚣，有侍卫从侧门走过来，再度打断了歌舞。

那侍卫严肃地径直走到冯执涯身旁，附耳快速说了几句话，冯执涯的神情霎时间冷却下来。侍卫的只言片语落入一旁的冯卿安耳中，而她单手支颐，对此漠不关心。

待那侍卫说完后，众人的视线皆望向冯执涯。

冯执涯抬眼自在座的人脸上一一掠过，沉吟良久才缓缓道："是渠水殿发生了意外，淮照国来的陈先生不幸遇害了。"

他脸色很是难看，不欲在这种场合多说什么，却还是冲那两位使臣道："此番，是我盛燕国失职了。"

在场的两位淮照国使臣面面相觑，脸色尽失。他们两位此番是陪着那位陈先生来盛燕国庆生的。陈先生虽然并未在淮照国担任一官半职，却是前太子的授业恩师，很得淮照王看重。陈先生一整天都在场，只有今晚提前退场去歇息了，不料却……

他们不由得想起前太子遇害之事，以他们的身份自然不可能知道细节，但却没由来地开始惶惶不安起来。

他们正打算问几句，外头再度传来喧嚣声，一个凄厉的女声在门口大声呼喊着："涯儿！涯儿……你们放开我！知不知道……知不知道我是谁？"

冯执涯狭长的眼眸一眯，脸色一寒，猛地站起身。

"涯儿……是淮照国太子显灵了！是淮照国太子显灵了啊！"那女声呜咽着。

"是淮照国太子在哭诉他的冤屈，真凶……真凶未死啊！"

外头的声音一声比一声惨烈，阻拦她的侍卫好似的确知晓她是谁，并不敢对她动粗，致使她的声音一声比一声惨烈。

冯执涯脸色越发难看，忽然，他猛地捂住胸口，抑制住那突如其来的古怪胸闷之感。静了静，他才阴沉着脸吩咐道："带钱嬷嬷下去歇息。"

他不知晓近几年一直老老实实待在冷宫里，不再出来走动的钱嬷嬷今日怎会又出来游荡，而他早就叮嘱过，不可伤害钱嬷嬷。

整个大殿静得可怕，在这个诡异的时刻，谁也不敢率先开口说话。

叶眠身旁之人却突然自言自语："倘若我没记错的话，许世子第一回入宫，恰好就是王上二十四岁生辰的时候吧？淮照国太子好像就是这个时候……咳……"那人以手抵唇，故作惊讶道，"这次许世子回宫，又出现意外，两次意外都与淮照国有关，而许世子恰好就是淮照人，死的人许世子应该都认识吧？真是巧了……"

声音不大，却足以让整个大殿的人听清楚。

冯执涯冷哼一声，对这番话置若罔闻，而是径直寒声道："还不快带钱嬷嬷下去？！"

那两个淮照国使臣看冯执涯态度诡异，互相交换了一个眼神，心下悚然。

淮照国太子许栖的死，恐怕真的另有隐情啊……

冯执涯话音一落，气氛霎时间降到了冰点，所有人都噤若寒蝉。这一刻，钱嬷嬷的声音再度远远传来，她哼着古怪的歌调，阴恻恻的，有些瘆人。

"涯儿……生辰快乐啊……"

坐在下面一直若有所思的许故深倏地一抬眼，他没看阴阳怪气说话那人、没看愤怒的淮照国使臣，甚至没看"疯言疯语"的钱嬷嬷，他冰冷的目光直直落到上方冯卿安的身上。

而冯卿安不躲不让，也平静地望向他的方向，半晌，对他付之一笑。

想必你也猜到了吧？许故深？

这是她对许故深、对冯执涯的反击。

而这，只不过是第一步而已。

◆ 第九章

初登朝堂

风雪又起，沉重的雪籽落在屋檐上、枝丫上，压得人喘不过气来。

冯卿安在还陵的搀扶下出了芳华殿，她拢紧身上大氅，哈一口白气，有些犯困。

正朝候在外头的软轿走过去之际，身后忽然传来一个浑厚的声音。

"公主。"

冯卿安身形一顿，朝声音传来的方向望去。

身后不远处祝清蝉和一个中年男子并肩而立，那中年男子眉宇之中透着一股巍然正气，不怒自威。

见冯卿安看过来，那中年男子含笑抱拳："末将参见公主殿下。"

冯卿安目光在祝清蝉脸上转了转,很快推测出他的身份,遂颔首柔声应道:"祝将军无须多礼。"

祝将军摆摆手朗声笑道:"末将还未感谢公主当日救了小女一命。"

冯卿安一愣,有些想不起来,经祝清蝉几句话提醒才知道是狩猎赛遇险那回事。她微笑道:"不碍事,将军不必言谢,只是举手之劳而已。"

祝将军摇了摇头:"我这个女儿,别的不会,就知道给我惹是生非。"他眼里对祝清蝉的宠溺和无奈怎么也掩饰不住,"如若不是公主相助,她指不定会捅出什么大娄子来。我就这一个傻女儿,还指着她早日嫁出去,让我抱上孙子呢!"

"爹!"祝清蝉难得又羞又气。

见祝将军说话直爽,冯卿安不禁弯唇一笑。

祝将军正色道:"以后公主若有所求,祝某定竭尽全力助公主一臂之力。"

"公主你无须客气,那日如果不是公主出相助,恐怕我……总之,我和爹一定会报答公主的——哎哟!"祝清蝉委屈地揉了揉被祝将军敲了一记的头顶,"爹!你干吗呢?!"

祝将军瞪了祝清蝉一眼,皱着眉训斥道:"没大没小,怎么对公主说话的?"

祝清蝉吃瘪,她撇了撇嘴,乖巧地低下头不说话了。

　　冯卿安眉眼弯了弯，有些艳羡，祝清蝉与祝将军之间的相处模式，是她从未体验过的温情。

　　"那就多谢将军了。"她颔首应道。

　　祝将军望向面前这个与自己女儿年纪相仿的公主，满眼的慈爱，他含笑叮嘱："夜已深，公主小心。"

　　即将上软轿之际，她余光注意到许故深和冯襄也一同走出了芳华殿，一脸焦急的冯襄正在许故深身旁耳语些什么。祝清蝉眼尖，面上一喜，正想过去找他们，却被祝将军一把拉住。

　　"爹！"祝清蝉有些不满。

　　祝将军看也不看许故深，冷着脸斥道："跟我回去，少跟那些乱七八糟的人鬼混在一起。"

　　"爹！故深他不是什么乱七八糟的人……"祝清蝉试图辩解。

　　……

　　冯卿安轻轻扯了扯嘴角，眉眼冷却下来，她不再理会，提起裙摆上了软轿。

　　帘子合上的那一瞬，许故深猛然抬眼望向那个方向，正好看到冯卿安的软轿起驾，他平静地看着冯卿安一行人渐渐远去消失在夜色之中。

　　"……依我所见，定是有人针对你，早不发作晚不发难，偏偏在你回来的时候发难。故深，你可有得罪什么人？"冯襄说。

许故深缓缓收回目光："或许吧。"

"或许？"冯襄眉头一挑，摸了摸下巴，"事情恐怕不简单，能对你的行踪如此了如指掌，选择在这种重要场合发难……啧，看样子并非一人所为啊。"

许故深颔首，目光自从大殿而出的众人身上一一掠过。

他悠悠启唇："唔，小侯爷说得有理。"

"今晚这事恐怕会被那两个淮照国使臣传回淮照国去，对你不利得很……你自己小心些。"冯襄说。

"嗯。"许故深收回目光微微一笑，"多谢小侯爷关心。"

"跟我客气什么？"冯襄笑眯眯的，他意味深长低声道，"咱俩谁跟谁？我可还等着你日后回淮照国继承王位呢，若真有这么一天，你可千万不要忘了哥几个。"

许故深一默，看来冯襄也认为许栖之死与他脱不了干系。冯襄不是个傻子，他选择与自己交好的最大原因便是，认为自己对他而言还有利用价值。

毕竟渠水事变中许栖的死，自己也是受益方之一，只要击垮了四哥，淮照王无论如何也会将他召回去。

许故深眸色加深，他勾了勾唇笑道："故深自然不会忘。"

"那便好，没交错你这个兄弟。"冯襄拍一拍他的肩膀，喟叹一声，"总之你好好跟王上解释解释，王上定会相信你的。"

看着冯襄策马离去，许故深的笑容一点点敛住。

大雪纷纷，在他漆黑的铠甲上结成了冰霜。他抬眸望了望天色，露出一个似笑非笑的表情，随即敛住所有情绪，面无表情地转身径直走了进去——

冯执涯还在里头等他禀告关于月牙古城的种种细节。

今夜，注定是个不眠夜。

次日清晨，一声凄厉的叫喊响彻整个盛燕王宫。

钱嬷嬷在冷宫自尽，临上吊之前，她在殿内的墙壁上写了些血字，那几个字毫无章法并不连贯，有"淮照国太子"四字，还有冯执涯的"涯"字，中间还有一些乱七八糟的符号。

瞧见这一幕的婢女吓得魂飞魄散，她的惨叫声惊扰到了隔壁南照殿内院晨起散步的江微岚。江微岚被吓得脚下一滑，险些摔倒伤到腹中的胎儿。

好在，只是有惊无险。

江微岚被身旁婢女稳稳扶住，而钱嬷嬷也被救了下来，保住了一条命。

冯执涯担忧江微岚不稳定的心理状态可能会殃及胎儿，特意让江微岚去冯卿安的思卿殿小住。

从江微岚口中得知钱嬷嬷试图自尽这一消息后，冯卿安有些恍神，手指情不自禁紧了紧："钱嬷嬷她……怎会如此冲动？"

江微岚长吁一口气，惊魂未定道："听冷宫的婢女们说，钱嬷嬷精神状态一直很不好，每天都自言自语。早几年钱嬷嬷常在宫中游荡，目的地往往都是渠水殿，也就是当年招待淮照国太子，如今招待淮照国使臣的宫殿。几年前，她神出鬼没的吓坏了不少人，于是王上便下令让人好好照顾她，不许她出冷宫一步，偶尔王上也会去看望她。渐渐地，钱嬷嬷便不再出去走动了，看管的人也开始松懈起来，不知怎的，昨夜钱嬷嬷居然又跑去了渠水殿……估计是又受到刺激了……"

"又……受刺激了吗……"冯卿安神情怔忪了一瞬，老半天才语焉不详道，"或许是因为钱嬷嬷知晓昨日是哥哥的生辰，想去替哥哥庆生吧。"

越想江微岚越后怕，她摇摇头不再细想，一把抓住冯卿安的手臂："卿安，你说……这盛燕王宫里是不是真的闹鬼啊，钱嬷嬷莫不是被淮照国太子的鬼魂附身了……"

"你别自己吓自己了，不会有事的。"冯卿安安抚道。

"可是……"江微岚一叹，心情越发复杂。

"你说……我做得对吗？"走出江微岚暂时居住的侧殿，冯卿安喃喃了一句。

一直在她身侧的还陵一顿，隐约猜到了她在问什么，他轻轻摇了摇头，道："公主问心无愧即可。"

"问心无愧？怎样是问心无愧？怎样又是问心有愧？"冯

卿安说，"我所做的一切都是为了自己，算不算问心无愧？"

还陵答不上来，冯卿安也不介意，在他的搀扶下返回了寝殿。

昨天夜里，其实钱嬷嬷是否出现并不是那么重要，但她还是担心，害怕会有环节出现纰漏。

而钱嬷嬷也不负她的期望，顺利用鬼魂之说，将昨日陈先生的死与当年淮照国太子的死联系到了一起。

只是，她没想到，钱嬷嬷会承受不住压力，选择自尽。

虽然目前的形势对她而言是有利的，但她还是觉得心情莫名有些沉重。

"还陵。"她唤道。

"在。"

"你安排几个人去冷宫里送些吃的用的给钱嬷嬷，聊表关心。"

"……奴才遵命。"

一波未平一波又起，接二连三的事件发生后，鬼魂之说再次在盛燕王宫传开来。

那淮照国太子之死像一片浓重的乌云，再度笼罩在盛燕王宫每个人的头顶上，让后宫的大部分人皆无法安睡。

这所谓的鬼魂之说在明眼人看来只是一个幌子罢了，他们明里暗里猜测着这个恐怖阴影下包裹的另一件事——当年淮照国太子许栖之死到底是怎么一回事，是否另有隐情。

所有的矛头都对准了刚刚归来的许故深，有人说他居心叵测，先是害死他的亲大哥淮照国太子许栖，再是亲自讨伐他的四哥。传闻越发离谱，甚至还有人说，他野心极大，打算蚕食盛燕国。

冯执涯在朝中听到这类谣传后，勃然大怒，在朝堂之上，因为急火攻心头晕目眩，当着众人的面，吐出一大口鲜血来，生生昏迷过去。

此说法不仅是质疑许故深，更是质疑他冯执涯看人、用人的能力。

然而，随着淮照国使臣返回了淮照国，将消息带回淮照国后，淮照王迫于淮照国民众的万言书，再度向盛燕国施压，重重压力下，冯执涯下令重新彻查淮照国太子许栖之死一事。

同时，为了避嫌，刚刚回归盛燕国，立了大功的许故深被勒令禁足。

五年前的旧事再起波澜，一石激起千层浪。盛燕国与淮照国私底下争斗是一回事，摆到明面上来，又是另一回事。

谁也不知，事情接下来会朝哪个方向发展。

"说不定，哥哥会选择弃掉许故深这颗棋子，顺理成章将他推出来。"冯卿安摩挲着手中白子，在棋盘上轻轻叩击。

窗外大雪纷纷，却丝毫没有扰乱她的心境。

坐在她对面的叶眠温和一笑，抬手间在棋盘上落下一颗黑子："看来公主很是针对这位淮照国世子。"

"针对不敢说，"冯卿安看准他的破绽，落下手中白子，"只是想要查清楚当年的真相罢了。"

见叶眠含笑不语，显然并不信她这番话，冯卿安眼神微微闪烁，柔声问道："先生信任我吗？"

"自然。"

冯卿安嘴角弯到恰到好处的弧度，眼底却丝毫没有笑意，她凉凉道："那先生便无须多问。"

叶眠垂眼低笑一声"不过一年光景，公主倒是成长了不少。"

"多亏先生教导有方。"冯卿安不咸不淡道。

这盘棋，她快赢了。

"公主不要大意了，那许故深绝非平庸之辈，不会轻易被几句流言击倒。不论当年淮照国太子之死是否真是他所为，他都有翻盘的机会。更何况，冯执涯的心思难料，估计谁也想不明白，他为何要护着许故深。"叶眠丝毫不着急，依旧不急不缓地落下一子。

冯卿安不以为然地笑笑，自手中落下的白子飞快堵住他的去路："也是，哥哥和许故深，谁是谁的棋子，还不好说呢。"

话音刚落，叶眠再度落下手中黑子，抬眼笑道："该公主了。"

冯卿安一滞，神情微变。现在棋盘上的情形已经完全调转过来了，叶眠凭借精妙的一步棋重新占据了上风。

冯卿安轻哼一声："你给我下套？"

"非也，"叶眠说，"公主才是那个下套之人。"

"落子无悔。"叶眠补充道。

"谁打算悔棋了？"

冯卿安丢开手中棋子，盯着棋盘看了一会儿，兀自笑了一声，径直伸手将全部棋子打乱。

"下棋嘛，自然是搅得越乱越好。"冯卿安笑吟吟地抬眼继续道，"毕竟对这盘棋而言，没有永恒的敌人，只有永恒的利益，不是吗？"

许故深是否真的杀了他的哥哥淮照国太子许栖，并不重要。重要的是，经此一事后，他站在了风口浪尖之上，一言一行都会受到大家的关注，再没有精力干别的，自然也无法干涉她接下来要做的事情。

就目前形势而言，她与叶眠的目的是一致的，那就是击垮冯执涯。她不会傻到单打独斗，而在这方面，永远不会背弃她的人，便是利益至上的冷血叶家。

她抛开了对叶眠、对叶家的敌意，选择与叶家合作，相互协作，一步一步向上爬。她将冯执涯的喜好性格告知叶眠，而叶眠通过家族势力从外协助，将她想要知道的一切所需要的一切尽数提供给她，并且按照她的计划，在短短时间内设下这个局。冯执涯与许故深都是局中之人，一箭双雕。

　　叶眠是个聪明人，甫一踏入弦京，踏入盛燕王朝的政治边缘，就迅速在整个弦京乃至盛燕王宫一点点布下了自己的势力。不仅渐渐讨得冯执涯的欢心，还逐步安插人手进了思卿殿，所以今日才能顺利避人耳目进了一趟思卿殿。

　　望着叶眠离开前递到她手中的流火解药，冯卿安轻轻笑了笑，将其攥紧。

　　叶眠这个人，又或者说神秘的叶家，很是有趣。

　　不仅医术高超，还会……蛊。

　　等叶眠离开片刻后，还陵这才推门而入。

　　他装作不知方才有人从这间屋里出去过，只当自己是一个透明人。他径直上前一步为冯卿安披上暖和的大氅，关切道："公主今日怎么突然想起下棋了？这棋室许久未有人来，公主也不知道差人打扫打扫，点几个火炉。"

　　"只是突然来了兴致罢了。"冯卿安说。

　　她饶有兴致地望着一粒粒将满盘散乱的棋子分别装入棋罐里的还陵，幽幽一叹，慢慢笑道："不如，还陵哥哥陪我下一盘？"

　　还陵手一颤，垂眼应道："是。"

　　她已经许久许久……没有这么喊过他了。

　　冬末春初的这段日子格外冷，弦京的百姓们和往常一样开启了新一年的生活，可盛燕王宫里却是一派低气压，比寒冷的天气还要冷上几分。

许故深已经被禁足一个月有余了。

在这段时间里，淮照国派来督查太子惨死一事的使臣频频向冯执涯递折子求见，想协同调查当年旧事。可冯执涯却一直避而不见，使得他们以为盛燕国心虚，越发气焰高涨起来。

实际上，冯执涯并非有意不见，而是自那日在朝堂上吐血后，突然生了一场大病。

冯执涯这病来得始料未及，宫中太医查来查去都不知究竟是何缘故，无奈之下，只能开些滋补的药养着身体。

有大臣觉得可能真有鬼魂之类不干净的东西，提议找个法师施法，但冯执涯一意孤行，并不信这种说法，驳回了这条提议，还将那提出建议的臣子贬了职。

这场猝不及防的病，给整个盛燕国的统治阶层敲响了警钟。

冯执涯继位以来一直身强体壮，所以大臣们一直没有太过催促他立太子的事。可现如今，他突然病倒，他唯一的子嗣便是江微岚腹中的胎儿，且不知是男是女。即便是个男孩，可以立为太子，未免年岁太小，需要旁人摄政协助。

如若冯执涯在此等紧要关头发生什么不测……

飞霜殿——

"往日哥哥总催促着卿安喝药，今日，卿安该好好催着哥哥才是，身体最要紧，朝中的大臣们都等着哥哥处理各项事务呢。"冯卿安轻轻吹一口手中药碗，待碗里的药凉得差不多了，方才递到冯执涯手边。

她不再想方设法躲避冯执涯，而是选择迎上去，面对他。

冯执涯眼底有些泛青，精神状态却一如往昔，看样子身体好转了不少。他轻轻咳了一声，眼睛一眨不眨地凝视在冯卿安身上，低声道："卿安喂我。"

冯卿安一顿，乖巧地将药碗递到冯执涯嘴边，温声道："哥哥小心烫。"

看着冯执涯就着自己的手慢慢将药喝下，冯卿安这才叹息着继续道："想必是因为近日事情太多了，所以哥哥此番才病急如山倒……卿安只恨自己是女儿身，不能替哥哥分担些什么。"

冯执涯眼睛眯了眯，上下打量她一眼，含笑轻描淡写道："哥哥只求卿安无忧无虑，这些烦心事你无须考虑。"

被轻飘飘堵了回来，冯卿安心中一恼，面上仍不露半分，笑眯眯道："卿安只求哥哥早些养好身体，千万千万不要病倒了才好。"

冯执涯笑着握紧冯卿安的手，丝毫不顾及身旁还有贴身太监和婢女。

"卿安若能日日来看望我，我定不出三日就能彻底好了。"

冯卿安下意识僵了僵，却没打算躲开，而是又凑近了几寸："只要哥哥不嫌卿安烦人就好。"

冯执涯未料到她突然对自己如此亲昵，低笑道："怎么会？"

这一年以来，随着她身子的好转，冯执涯再没有理由将她禁锢于思卿殿中。好在她乖巧，极少主动出门。她不到处乱跑，渐渐地，冯执涯便放松了警惕，允许她在盛燕王宫里稍稍走动走动了。

"听说你派人去看望了钱嬷嬷？"冯执涯忽然淡淡道。

冯卿安心头一跳，不知冯执涯是何意思，顺着他的话道"是，钱嬷嬷在哥哥小的时候照顾过哥哥，卿安自然应该关心关心。卿安还想着，什么时候有时间了，亲自去探望探望钱嬷嬷。"

冯执涯笑了，他慢条斯理道："钱嬷嬷精神不太好，需要多加休养，你派人偶尔去看看，心意到了就行，不必亲自前去。"

"……好。"

恰是此时，外头传来声音："王上，祝将军和大理寺卿等人求见。"

冯执涯眉头不耐烦地拧了拧，沉默半晌还是肃声吩咐道"让他们去书房候着。"

"是。"

看着冯执涯打算起身更衣，冯卿安轻轻蹙眉，不满道："他们怎么这么烦人？都不肯让哥哥好好静养身体。"

冯执涯有些意外她今日居然这般黏人，笑容加深，安抚道："该解决的事情，总要解决掉。"

"那……"冯卿安眼神微闪，"卿安想看哥哥穿我送的那件衣服。"

看着冯执涯依言换上她送的那件生辰礼物，冯卿安得意扬扬掩唇一笑："哥哥相貌卓绝，果然穿什么都好看。"

听了这话，冯执涯果然很是高兴，他嘴角似笑非笑地勾起，半开玩笑道："就你嘴巴甜。"

"听旁人说，哥哥和父王长得很像，而卿安和卿安的母妃长得极像……"她言笑晏晏望向冯执涯，语气似不经意道，"不知，哥哥可否记得卿安的母妃？"

冯执涯愣怔了一瞬，这是冯卿安第一次在他面前提起叶湘，她这番话唤起了他尘封已久的回忆。良久，他才淡淡道："过去这么久了，早已记不清了。"

冯卿安心底一凉，她静了静才抬眸道："可卿安却记得……母妃曾和卿安反反复复提起过哥哥。"

冯执涯一滞，脚步有些不稳。

"母妃说……"冯卿安适时地住口不言。

冯执涯视线一转，神情冰冷地驱散了屋内的一众太监婢女。

"什么？"冯执涯上前一步握住冯卿安的肩膀。

冯卿安长舒一口气，这才凝视着他轻声道："母妃说，哥哥人很好，待她很好，她很感激。"

冯执涯一怔，他双手握住冯卿安的双肩，一寸寸用力，眼神有些恍惚："她……阿湘还说了什么？"

阿湘。

骤然听到他喊出这个称呼，冯卿安心中一冷。她肩膀被冯执涯抓得很疼，却没表现出来，而是望着冯执涯的眼，露出一个极淡的笑来，这副样子与冯执涯记忆里温婉体贴的叶湘完全重合起来。

"阿涯，我很想你。"她轻喃道。

冯执涯一颤，他脚下不稳，一个踉跄，急火攻心猛然吐出一大口鲜血。

冯卿安冷眼看着他倒地，嘴角讥讽地翘了翘。冯执涯果然对她母妃用情极深，这么快就失态了。他一时心乱，倒是忘了，她母妃去世时，她年仅五岁，怎么可能记得清这些？再则，她母妃如此谨慎之人，怎会在她面前说起这些？

在屋外之人听到动静要冲进来之际，冯卿安才惊慌失措起来，赶忙泪眼蒙眬地跪倒在陷入昏迷的冯执涯面前，哭喊道："哥哥你怎么……太医！"

她扬高语调："快去叫太医！"

转眼之间，有一个黑色的东西自那件精心缝制的长袍中爬出，又很快消失不见。

书房内。

几位大臣正在焦虑地讨论些什么。

一人急切道："王上这么拖下去也不是个办法，那淮照国太子都死了这么久了，当年的案早就结了。退一万步说，即便当初是我们大理寺抓错了凶手，现如今，怎么可能还查得出蛛丝马迹来？再则，真抓错了凶手，那王上面子多挂不住啊。依我看，倒不如直接将那许故深推出去，让他们淮照国人去内斗得了。现在的情形俨然是一个僵局，除此之外，别无他法了。"

另一人道："可王上的态度摆明了要护着那许故深，贸贸然提出来，只怕王上会对你我心存芥蒂啊。"

"这……"

"还是看王上怎么说吧。"

一直沉默的祝将军冷哼一声，懒得搭理这些趋炎附势之辈。

说话间，门吱嘎一声被推开，几人连忙回头，正欲行礼之际，在看清来人后，彻底愣住了。

"诸位勿慌。"冯卿安笑脸盈盈地摘下兜帽，她脸颊被外头的冷空气冻得微微泛红，眼底却一派笃定的平和，丝毫不见慌乱和胆怯，"我此番，是替王上而来。"

除了紧锁眉头的祝将军外，其余几人面面相觑，不知该作何反应。

替王上而来，王上怎么不亲自前来，而是让一个看起来柔柔弱弱，几乎从不露面的公主前来？

冯卿安看也不看他们的表情，径直坐在了主位上，看他们半天没有反应，冯卿安颇为意外地一挑眉："怎么不坐？"

　　见他们依然不肯落座，冯卿安了然地笑笑，放缓了语调，温和地说："诸位请放心，卿安并没有别的意思，只是哥哥身体不好，刚才又倒下了，或许哥哥他……"

　　她话未说完便停住，吐出一口气，低头看了看用凤仙花新染的指甲，叹道："近些日子，淮照国逼得紧，卿安只是想为哥哥分担分担，想必诸位也不想被人指着脊梁骨骂不作为吧？"

　　她这"或许"二字，委实意味深长，几人心中都不由得产生了不好的联想。

　　沉默了良久，祝将军率先开了口。

　　"王上病重，宫中无人，自然是公主最大。"祝将军道，"末将谨听公主安排。"

　　其余几人见祝将军如此态度，便也不好再多说什么。由王上的妹妹来做主，总比让朝中自己的对手来掣肘的好。

　　冯卿安轻轻颔首，料准了他们明争暗斗的心理，笑道："只是一点拙见，让诸位见笑了。"

　　"相信大家都听过这么一句话——"她视线自室内几人脸上一一掠过，"众口铄金，积毁销骨。"

　　时间缓缓流逝，过了很久，里头之人才陆陆续续往外走，而祝将军是最后一个走出来的，他离开之际，冯卿安出声喊住了他。

　　说了许久的话，冯卿安有些疲惫，却还是眼眸清亮地问："祝将军以为如何？”

祝将军沉默了一瞬，并未说好，也没说不好，而是笑了笑：
“末将定竭尽全力助公主一臂之力。”

冯卿安一凛，看着他转身而去。良久，她才自嘲一笑，他
看穿了她。

自己到底是道行浅了，怎么也瞒不过面前这只久经朝堂大
风大浪，依旧屹立不倒的老狐狸啊。

在接下来的日子里，盛燕国大理寺卿一改之前讳莫如深的
态度，而是一直全心全意配合淮照国调查。

当年的渠水事变，淮照国太子许栖的尸体在渠水殿的水池
中被发现，而陈先生的尸体也是在同一个水池中被发现。

当年，冯执涯亲自派人督查，查出许栖是被随他一同从淮
照国来的下属所杀，原因不明，但证据确凿。冯执涯一怒之下，
亲手处决了那凶手。调查结果传回淮照国，淮照王其余几个儿
子一方面乐见自己优秀的太子哥哥死了，另一方面不肯承认是
自己所为，纷纷栽赃给对方，淮照王无可奈何。

当年，没有人注意到那个不受重视的淮照国世子许故深入
宫，这阴谋论自然便与他无关。

可不论怎么说，许栖的的确确是死在了盛燕王宫之中，于
情于理，冯执涯还是欠了淮照国一份人情的，所以，后来才有
了月牙古城退兵一事。

为旧案翻案难以下手，稍有不慎，便会牵扯到冯执涯存在失误上来。

而这时，不知从哪里流出了陈先生人品低劣的传闻。有的人说，淮照国使臣来的这几日，在弦京大摇大摆横冲直撞，丝毫没有风度。还有的人说，陈先生经常吃了东西不付账，又或者看中什么金贵之物，直接拿走，还让那些小贩去找盛燕王冯执涯拿钱。

各种说法越来越多，甚至还有人说陈先生是罪有应得。在百姓的声讨之下，众人关注的焦点从淮照国太子的死转移到了淮照国那位陈先生的死上来。盛燕国大理寺张罗着开始查陈先生的死。

经过深入调查取证后，发现那陈先生的死果然有蹊跷，且与许栖的死完全不是一回事。

陈先生的确是许栖的授业恩师，但他私底下却是一个好色之徒。他待在盛燕国的这几日，与身边一个年轻貌美的婢女勾搭到了一起。那婢女本打算让陈先生帮助自己脱离奴籍，随陈先生一同去淮照国，谁知，陈先生压根没有打算帮她，只是拿她寻乐子而已。

那婢女与陈先生深夜发生争执，一个失手将年岁已大不会游水的陈先生推入了水池之中。

这其中种种皆是由大理寺伪造出来的，只要能解决当前的燃眉之急便好。陈先生究竟是如何淹死的，谁在乎呢？

于是，一切都有了结论。

这场持续了很久的风波渐渐落入尾声，而冯执涯身体也渐渐好转。他在听闻冯卿安大胆会见朝臣，还大胆提出解决之法后，沉默了很久。

冯卿安无疑是利用舆论的作用，让陈先生的死盖过了当年许栖之死的讨论。陈先生的死与许故深之间毫无关系，各种阴谋论的说法不攻自破。所谓许栖冤死的鬼魂之说压根只是谣传，当年许栖的死，自然也不再存在什么疑惑了。

这简单的法子，既没有推翻当年的渠水事变，也没有殃及许故深，还化解了当前窘迫的局面。

随着事件的落幕，冯卿安第一次在盛燕国的政治舞台上展露出头角来，虽然只是几句简单的建议，却在朝臣心中掀起了不小的波澜。尤其是随着冯执涯突如其来的那场病，更是让他们心生罅隙。

他们盛燕国并非女人不可执政，前朝也有过女子为王的先例，现在朝中也有身居高位的女官。如若冯执涯真的倒下了，在盛燕国王族冯氏中并非没有顶替之辈。

最重要的是，冯卿安这样一个身后无任何势力支持的弱女子，比起铁血手腕的冯执涯，不知道要好掌控多少倍……

而这就是冯卿安的最终目的。

前期关于许栖和许故深之间的种种舆论，和宫内的鬼魂之说虚是叶眠的人所为，后期关于陈先生的舆论则是由大理寺的人暗中操控。

冯卿安心里清楚，虽然看似自己兵行险招，层层布置，利用宫中的鬼魂之说，赢了这一步，初初冒了头。

但这其中仍然有许多隐藏的疑惑没有解决，冯执涯对许栖之死退避三舍的态度和对许故深没由来的信任委实可疑。

恐怕……许栖的死的确另有隐情啊……

第十章

◆ 是我自作多情吗

一早听闻冯执涯彻底清醒过来，他身体好转，还去上了早朝，冯卿安再也顾不上休息，急急往冯执涯的飞霜殿赶。

她没有选择软轿也没有选择马车出行，而是领着还陵和一小队冯执涯安排给她的护卫急急步行。

天气渐渐暖和起来，寻常人早已换上了轻薄的衣衫，可冯卿安却依旧穿着厚厚的襦裙。身上余毒未清，她身虚体弱，才走了一半路程，便开始微微气喘，越发带上了几分楚楚可怜之姿。

即将到达飞霜殿之际，身后有马车缓缓驶来，一阵腻人的脂粉味自鼻端划过，冯卿安不禁皱了皱眉。

本想加快脚步避开这马车，不想马车居然在她身前缓缓停住。

她一抬眼，恰好与马车里一双平静无波的眼对上。

她一静。

是许故深。

冯卿安随即轻笑一声，差点忘了她这前前后后一番动作，倒是将许故深给洗清了。

她眼眸微微一转，余光落在了他身旁两个人身上。

她目光霎时间一凉。

"世子，她是什么人？"

许故深身旁攀附着两个娇媚的女子，其中一个把玩着许故深的墨发，眼神却不客气地落在冯卿安身上。见冯卿安并没有朝许故深行礼的意思，她撇撇嘴，翻了个白眼，柔声细语地在许故深耳旁吹耳边风："真是大胆，她见了世子居然还不行礼？"

"行礼？"冯卿安喃喃出这两个字，倏地冷笑，"好一个行礼，怎么，世子还不打算下车朝本宫行礼吗？"

说话那女人听冯卿安说话的口吻，微微变色，往许故深身后缩了缩。

许故深玩味地挑了挑嘴角，扶住那女子的腰肢，一把将她搂入怀里。他漆黑湿漉的眼轻佻地睨了那女人一眼，再轻飘飘落至冯卿安身上，他嗓音暧昧道："躲什么呢？她有什么好怕的？"

冯卿安心头一恼，按住身旁正欲开口的还陵，冷冷道："被关了几日，难不成世子将礼数忘了个干净？"

许故深闻言抬眸笑了笑，却依旧没打算起身："抱歉公主，故深身体不便，恐怕是无法起身向公主行礼了。"

"身体不便？"冯卿安上下打量许故深一遍，觉得这理由简直可笑至极。

"是。"许故深厚脸皮地承认道，他目光转了转，落到冯卿安的脚上，笑意陡然加深。

许故深身旁另一个女子不甘心自己受到了冷落，一把搂住许故深的脖颈："世子，咱们走吧，不是说要去见王上吗？"

许故深轻轻扫了那大胆的女子一眼，那女子一颤，正欲松开手，却反被许故深亲昵地掐了掐脸颊，好似刚才那嫌恶的眼神并不曾存在过一样。

"乖，青青，还不快替本世子向公主问安。"

那两名女子对视一眼，心不甘情不愿地下了马车，跪倒在冯卿安身前。

卿卿。

青青。

他口中的称呼让冯卿安浑身一僵，她有些难以置信。

眼前许故深对那两名女子的言行举止让她不由得想起那日

他让她伪装成他的女人时，对她亲昵的那一幕。

他对每个女人，都是如此吗？

是了，她忽而记起，外头一直在传，许故深风流肆意，常年和冯襄一行人出入烟花之地，他本就是纨绔子弟，并非良善之辈。

是她忘了。

又或者说，她从来就没有了解过他，真正的他。

不知为何，她心底忽而一阵烦闷，她冷漠地别开眼，看也不看那两个女子矫揉造作地行礼，也不叫她们起身，冷冰冰地讽刺道："世子被关禁足的这几日倒是过得悠闲自在。"

"多亏公主体贴我舟车劳顿，特意给我放了个假。"许故深笑笑，并不在意她的讥嘲。

"世子这话从何说起？"冯卿安故作惊讶，"我怎么不知晓自己有这么大权力？"

许故深脸上的笑容敛了敛，他眉眼平静地望着冯卿安，没有知晓真相的苛责，也没有恼怒，眼底漆黑一片，没有人能看出他在想什么——

"我那四哥……给了你什么好处？"他淡淡问。

突然听他提起他的四哥，淮照国四殿下，冯卿安疑惑地凝眉"世子在说什么？什么四哥？世子的四哥，卿安怎会认得？"

虽然面上不表露分毫情绪，冯卿安却暗自心惊。不想这许故深居然如此敏锐，甚至知晓他们与淮照国四殿下之间有联系。
叶家委实势力很大，其中种种细节，冯卿安并不知晓，她只知
晓叶眠与四殿下达成了某种协议。说是协议，无非是互惠互利
罢了，她与叶眠需要一个契机得以崛起，而四殿下需要的是铲
除绊脚石。

许故深嘴角勾了勾，他丝毫不在意冯卿安是否能听懂，轻
轻勾了勾手指，示意那两个女子起身，这才拊掌叹息道："四
哥还真是找了一个好帮手。"

冯卿安将被风吹乱的鬓发拢至耳后，忽而露出一个极浅的
笑容来，她的唇边漾出两个小小的梨窝，煞是清纯可爱。

"虽然不知道世子在说什么，但多谢世子的夸赞之言。"
她说。

说话间，还陵颇为诧异地稍稍抬眼看了冯卿安一眼。

她一点也不着急，神情淡然，既没有被戳破的窘迫，也没
有被诬陷的恼怒。

这样一派平静的模样，让他越发无法看懂身旁这个朝夕相
处的公主。

公主……真的飞快成长了不少啊……

许故深静了一瞬，俯身将其中一名女子的额发拨开，抬起

她的下颌细细打量着她的眉眼。他忽而一笑，轻声道："据我所知，那陈先生在淮照国很是德高望重，他虽的确有几分好色，却进退有度，从不乱来。"

"所以呢？"冯卿安不为所动。

"许栖死后，陈先生是我四哥继位太子的坚实反对者。"许故深说。

冯卿安没说话了。

"而陈先生此次来盛燕，便是由四哥一手促成的。"许故深似笑似叹，他松了手，再度抬眸深深望向冯卿安，"巧得很，陈先生来了盛燕国之后，便再也无法返回了。我的四哥，淮照国四殿下的争权之路少了最大的一块绊脚石。"

"是吗，看来世子的处境越发艰难了，能不能回淮照国，还是一个未知数吧……"冯卿安微笑，"可这和我有什么关系？"

许故深含笑望着她，几乎要望进她眼底。

"我简直要怀疑公主……是不是倾慕于我，才如此帮助四哥，千方百计想将我留在盛燕国了。"他缓缓道。

先是将污水尽数泼给他，让他被禁足，无法与外界联系，无法听闻外头的传闻，自然无法替那死去的陈先生辩上一句话。再是洗清他的嫌疑，自己冒出头来，赢得那本就水很深，各种权力相争的盛燕国前朝的青睐……

这种种事件的背后，隐藏了太多利益方。

一箭多雕。

微风再度轻轻拂开冯卿安的鬓发，她头顶所饰珠钗轻轻撞击，丁零作响。

她被长袖笼罩着的手指一寸寸收紧。

她沉默了很久，才嗤笑一声，淡漠道："世子未免太过自作多情。"

"究竟是我自作多情，还是公主……不肯承认呢？"许故深低笑。

"这深宫之中有尔虞我诈，有工于心计，有人情冷暖世态炎凉，有人不择手段往高处爬，有人坠入深渊便是万劫不复。唯独……没有真心。世子未免，太过天真。"冯卿安别开眼，不欲再与他争辩这些虚无的东西。

"走吧。"她冲还陵道。

看着她的背影，许故深低喃道："恭喜公主，得偿所愿。"

冯卿安置若罔闻，背对他时面色却白了几分。

还陵有些担忧地看了冯卿安一眼，她全身都在用力，挺直了脊梁，不肯在那人面前露怯。还陵扶稳脚步稍稍虚浮的她，用自己全部的力量支撑着她。

然后，继续保持着应有的缄默。

马车继续缓缓向飞霜殿的方向驶去，却是避开了冯卿安，选择绕远路。

纵使他们是同样的目的地，走的却是截然不同的两条路。

先前被许故深搂在怀中的女子早已避得远远的，她们只敢在人前靠近许故深。

"世子，奴婢的名字并非青青……"那个被唤为"青青"的女子忽然小声委屈地辩解了一句。

另一名女子听了，焦急地拿胳膊肘截了她一把，示意她噤声。

好在她声音很小，如若许故深不想听不想答，几乎可以忽略。

许故深看也不看她们，完全收敛了方才面对冯卿安的那副纨绔姿态。他单手支颐，合上眼闭目养神，只在听到那女子唤出"青青"二字时，眼睫颤了颤。

良久，他才缓缓吐出两个冰冷的字："安静。"

那两人好似早已习惯了许故深的态度，互相对视一眼，战战兢兢地缩在马车角落里，不敢再欺身上前。

也不敢再问，他刚刚脱口而出的"青青"，究竟是谁？

步行的冯卿安居然比乘马车的许故深还要快上一步抵达飞霜殿。

不比其他人，无须禀报，她便能自如地进入。

冯执涯正在批阅折子，听到开门的动静，他头也不抬地斥道"滚出去。"

他声音比往日要低哑好几分，果真是身体虚弱了不少。

冯卿安一顿，戚戚然喊了一句："哥哥……是我。"

冯执涯手中动作一停，抬眸看过来，看见冯卿安的那一瞬，他冰凉的神情温和了那么几分，他勾出一抹笑，朝冯卿安招手："过来。"

还未走到冯执涯面前，冯卿安便已经泪眼盈盈："哥哥，是卿安擅作主张……"

冯执涯好似知道了她要说什么，止住了她的话头："好了。"

他有些心疼她这副模样，将身上的薄毯分了一半盖在跪坐在身旁的冯卿安身上，狭长的眸眯了眯，细细打量她一番，这才慢条斯理道："过去的事便不要再提了，哥哥知道你是好心。"

冯卿安摇头，忍住心头汹涌的嫌恶感，冲冯执涯哽咽道："卿安想让哥哥好好静养，不想这些乱七八糟的事情打搅了哥哥。"

"嗯。"冯执涯点头，情绪比起往日稍显冷淡了一些，他漫不经心嘱咐，"以后不要再如此冲动了。"

冯卿安心中一凛，面上却乖巧应道："好。"

"既然来了，便帮哥哥研墨。"

"是。"

见她如此乖巧听话，冯执涯笑了笑，继续低头批阅折子。冯卿安一边研墨一边用余光瞥了一眼，正巧看到冯执涯手中折子上提到了她在第二次渠水事变中起到的作用，在里头大肆夸奖了她一番。

冯卿安眼神一闪，不再看折子中的内容，专心致志地替冯执涯研墨。而冯执涯面对折子中的内容也并没有太大反应，匆匆浏览完便打开了下一本，根本没思考里头的建议——让冯卿安尝试着接触朝中事务。

"王上，许世子求见。"门口冯执涯宫里新来的太监通报，"还有都御史等人也早早候在了外头。"

冯执涯直到看完手中折子才不咸不淡道："让他们在外头候着，我等会儿便出去。"

"是。"

那太监张了张口，看冯卿安也在里头，咽下了后半句话，默默退了回去。

冯卿安手中研墨的动作慢了下来，她试探道："不如卿安先回去了，不打扰哥哥处理公务了。"

冯执涯按住她的肩膀。

"不用。"他低低咳了一声，温声道，"你好不容易来一趟，在这里等我便好。"

"可是……"

冯执涯靠近她些许，面上带着三分笑，他压低嗓音道："你是盛燕国的公主，身份尊贵，无须理会他们。"

冯卿安浑身汗毛直立，他这句话无疑是点醒她认清自己的身份，让她不要跟朝中大臣搅和在一起。

　　她几乎要怀疑冯执涯看穿了自己的意图。

　　"王上，微岚昨日又学了一道新糕点，特意带来给王上尝尝。"

　　门再度被毫无预兆地推开，打断了里头短暂的静默。江微岚甜笑着走进来，刚刚瞧清里头的情形，她的笑容便僵在了脸上，以为自己撞破了尴尬的一幕。她手指一抖，手中食盒跌在了地上。

　　冯卿安一慌，意识到江微岚误会了，掀开自己身上的薄毯，赶紧站起身。

　　"王……王上……"江微岚见对面冯执涯锐利的目光直直射过来，忍不住瑟缩了一下。

　　"谁让你进来的？"冯执涯目光凌厉，带着压抑不住的怒意。

　　江微岚捂着小腹，稍稍后退一步，声音里带上了哭腔："是……是外头的太监说我可以进来，我才……我不是故意的，王上……"

　　冯执涯显然很讨厌她在自己面前哭，不耐烦地扯了扯嘴角，丢开手中笔，沉声道："把你的眼泪收一收，别以为怀了孕便可以在本王面前肆无忌惮了吗？"

　　江微岚慌张地摇头，赶紧跪倒在地上，委屈道："王上……微岚没有……微岚不敢……"

　　冯卿安见她如此，赶紧上前去扶她："微岚姐姐，你小心些，别伤到自己，也别伤到孩子。"

江微岚倔强地低头躲开她的搀扶，小声道："公主身份尊贵，微岚不敢当。"

冯卿安一愣，手僵在半空中。

静了半晌，冯卿安垂下眼睫，缓缓转身，朝冯执涯行了个礼，低声道："卿安先带微岚姐姐回去休息了。"

冯执涯静了静，轻哼一声，显然没了留她的兴致："去吧。"

他唤来刚才那个太监，面容平静地吩咐道："找人送公主和娘娘回思卿殿。"

"是。"

冯卿安弯腰再度试图搀扶江微岚，江微岚挣扎了一下，还是被冯卿安强行扶了起来。她到底不敢在冯执涯面前表现得太明显，只好在冯卿安的协助下颤颤巍巍地站了起来。站稳的那一刹，她脚步有些虚浮，骤然的情绪波动让她眼前一花，有些眩晕，险些滑倒。

冯卿安一急："姐姐小心。"

江微岚自己也吓了一跳，赶忙抓紧冯卿安的衣袖，缓缓平复下来的刹那间，她脑海中突然冒出一个可怕的念头，但这念头稍纵即逝。

她抿紧嘴唇瞥了冯卿安一眼，眼神微微闪烁。她不再说话，任由冯卿安搀扶着自己走了出去。

"公主殿下。"候在门口的朝臣们见冯卿安自里头走出，恭敬地朝她行礼。

冯卿安神情丝毫不见局促，淡然地冲他们轻轻颔首。她目光有意无意地在外头寻了寻，在不远处一顿，与那人来了一场无声的交锋后，若无其事地收回了视线。

待冯卿安离开后，之前擅自放江微岚进来的那个太监惨叫一声，被侍卫们拖了下去，他口中呼喊着："王上，王上，奴才再也不敢了！王上！"

还没喊两句，他的嘴便被侍卫们给堵住，再也发不出声音来。

在冯执涯身前伺候，还犯了此等大忌，估计，非死即残。

刚刚走出飞霜殿大门，江微岚便推开冯卿安，踉跄着退远几步。她紧紧捂住小腹，好似生怕冯卿安要对她的孩子不利一般。

她狠狠地擦去不知何时洒满脸颊的泪水，面上浮起一丝古怪的笑容："公主不用虚情假意，公主累，微岚也累。公主与王上兄妹……兄妹情深，微岚不打扰便是。"

冯卿安上前一步，诚恳地望着她解释："姐姐，不论你如何想，我还是要说，我与哥哥并非你想象的那样。"

江微岚别开眼不再看冯卿安，她目光不由自主地落在了自己腹部，不辨情绪道："微岚没有多想，微岚自然相信公主。"

冯卿安一滞，不知该说什么才好。

望着江微岚在婢女的搀扶下上了冯执涯为她们准备的马车，

冯卿安无奈地摇摇头。她想向江微岚解释，却又不知该如何开口。自己的确是心存目的，刻意接近冯执涯，可终归还是有一条底线在，并不像江微岚所想象的那样。今日被她撞破实属意外，或许，其中种种，她不知情才是对她最好的。

身旁的还陵犹豫了一下，轻声开口："公主不劝一劝娘娘吗？"

"不了，"冯卿安说，"在这种紧要关头还是不要太过刺激姐姐的好。"

不远处突然传来两声极轻的嗤笑，这笑声在静谧的宫门口委实刺耳。冯卿安一顿，面无表情地缓缓转过头去，正好看到先前依偎在许故深身旁的那两名女子幸灾乐祸的笑脸。

见冯卿安望了过来，她们慌慌张张合上帘子，避开她的视线。

冯卿安眼眸沉静地望着许故深的马车，倏地一笑，不再理会。

几日后的一天，天色一点点暗了下来。

随着夜幕的降临，一个穿着太监服的纤瘦身影抱着一个精致的点心盒子，紧紧跟在还陵身后，自如地在宫中穿梭。身旁偶有呼呼风声，小太监警惕地回头看了看，却什么也没发现。

两人很快停在了一堵稍显破败的宫墙前，还陵犹豫了一下，侧头担忧地望了那小太监一眼，见那小太监毫无反应，他定了定神，领着小太监走上前去。

守在门口的两个侍卫百无聊赖地打了个哈欠，看到有人上前，手中长枪拦了拦："什么人？"

还陵冲两个侍卫扬了扬手中的腰牌："奴才是思卿殿的，公主殿下特意安排我们来给钱嬷嬷送些糕点。"

"又是公主殿下送东西来啊……都过了晚饭点了，怎么这么晚了还过来？"其中一个侍卫道。

另一个侍卫狐疑地打量还陵身后的小太监几眼，不肯放行。前任守门侍卫，就是因为坚守不力，送了命。

"回去吧回去吧，王上吩咐了，不许任何人进出。"

还陵自然知道他们的意思，熟练地在两个侍卫手中塞了些银两，笑道："两位辛苦了，一点小意思。"他指了指身后的小太监，"麻烦行个方便，我家公主也是好心好意，想必两位不想驳了公主的面子吧？我不进去，让这小奴才进去就好。"

两个侍卫对视一眼，掂了掂手中沉甸甸的钱袋，想着应该不会被发现，扬了扬下巴："进去吧进去吧，动作快些，里头那位性子古怪，不论她胡言乱语什么，你都不要信。"说话的侍卫撇撇嘴，示意还陵离开，不要守在门口，"至于你，就先回去吧。"

还陵不着痕迹地松了口气，他瞥向身后一直低垂着头默不作声的小太监，叮嘱道"既然如此，你就进去吧，务必小心些……千万不要将公主精心准备的糕点洒了。"

那小太监点点头，不再多言，头也不回地弯腰径直走了进去。

直到离开了那两个侍卫的视线，小太监才长舒一口气，抬腕擦了擦额头上的虚汗，四下张望一番后，穿过外院，朝内殿走去。

那"小太监"正是冯卿安。

半个时辰前，当她冒险向还陵提出要他准备一套太监服时，还陵沉默了半晌后，还是按照她的吩咐送了过来。他没有多问什么，而是和往常一样，对她种种反常行为保持沉默。

就像一个透明人一样。

今时不同往日，还陵不再是初入思卿殿的那个小太监，三言两语就能被她打发，还落得被砍断两根手指的下场。她一再试探他的忠心，甚至好几次都在他面前故意暴露一些东西。尤其是这次的事情一旦被发现，他一定会被冯执涯迁怒，后果恐怕比那次的断指要可怕得多，甚至有可能丧命。可他在经历了这么多事情之后，依然选择站在她身边，护在她左右。

不得不承认，她已经全心全意地开始信任他了，将他看作是自己人了。

她此番避开所有耳目，偷偷来冷宫，正是为了见钱嬷嬷一面。钱嬷嬷是当年事件的亲历者，没有谁比她更清楚当年发生了什么。

她从冯执涯的态度中，其实已经隐隐猜到了些什么，所以她更加要来找钱嬷嬷证实。

如若她的猜测是真的，则会成为她扳倒冯执涯的最有力武器。

　　冷宫到处空荡荡的，虽然稍显破旧，却很干净。钱嬷嬷喜静，不喜身旁有人照顾。

　　有淡淡的檀香在空气中蔓延开，冯卿安小心翼翼地踏进去，就看到一个瘦弱的身影跪坐在寝殿的佛像前，不知在喃喃自语些什么，也不知她究竟跪了多久了。

　　桌上烛光摇曳，莫名带了几丝怖意。

　　冯卿安不由自主打了个寒战，轻轻开口唤道："钱嬷嬷。"

　　钱嬷嬷一默，缓缓睁开眼望了过来，她眉眼之间很是平和，并不像一个疯疯癫癫之人。但很快她就继续合上眼，看样子不打算搭理冯卿安。

　　冯卿安含笑跪坐在钱嬷嬷跟前，将手中那盒点心打开："钱嬷嬷，卿安公主特派我来给您送些点心，您快趁热吃吧。"

　　钱嬷嬷还是爱搭不理，冯卿安也不气馁，换了个方式继续道"想必哥……王上也不愿意看到您这么辛苦……"

　　钱嬷嬷果然有了反应，她幽幽道："我要为涯儿祈福。"

　　冯卿安一怔，还是劝道："您有这份心意就够了，无须时时刻刻亲力亲为。"

　　钱嬷嬷好似很烦身旁一直有人在吵，推了她一把，呵道："你是什么人？你给我滚开！"

　　冯卿安一个没注意，被她推搡在地。她苦笑着揉了揉手臂，只觉攻克钱嬷嬷比攻克冯执涯还要难上几分。

　　在她正欲继续开口之际，身后忽然传来一个男子的声音：
"别费心思了，她是不会听你的劝的。"那声音带着几分戏谑，
很是熟悉。果然下一瞬，他就清清楚楚地喊出了她的称号，"公
主殿下。"

　　冯卿安浑身一僵，暗自咬牙，回头恼怒道："世子真真无耻，
居然跟踪我，也不怕哥哥知晓了怪罪下来？"
　　"公主此言差矣，故深并未跟踪公主，只是恰好同路罢了。"
　　月色朦胧，身后那人踏着满地月光而来。他眼眸幽深，唇
边含着似有若无的笑，如闲庭漫步般，仿佛这里并不是人人避
之不及的冷宫，而是他的后花园一般。
　　他朝冯卿安走近，弯腰拉着她的手臂，将她拉起来，这才
慢悠悠道："能与公主在此处相见，真是巧了。"
　　他不知想到什么，若有所思地笑了笑："故深可否将其看
作……幽会？"
　　冯卿安轻哼一声，在站稳之后，推开他的手。
　　"世子还是谨言慎行的好，你究竟为何来此？难不成……"
她眸光微闪，望了钱嬷嬷一眼，压低嗓音道，"是为了杀人灭
口永除后患？"
　　正是因为钱嬷嬷的助力，所以他才陷入当年的渠水事变之
中，被禁足了许久。
　　许故深轻笑着摇头否认，他的视线也随之落至对周遭事物

充耳不闻、一心念佛的钱嬷嬷身上。他神情冷肃下来："或许我的目的，和公主是一致的。"

冯卿安一滞。

许故深朝钱嬷嬷走去，冯卿安一愣，还未来得及阻止他，就见他拿起桌上一炷香，动作自然地跪在了钱嬷嬷身边。他恭敬地朝佛像拜了拜，轻轻启唇："故深还未谢过嬷嬷，当年对我的照顾之恩。"

冯卿安心脏一阵紧缩，她倏地抬眼盯着许故深的背影，好似意识到了许故深在说什么。

钱嬷嬷终于有了反应，她狐疑地看了身旁的许故深一眼："你……你是谁？"

许故深弯了弯嘴角，将那炷香插入香炉之中。他袖中有乱人心神的粉尘倾洒而出，尽数飘落在了钱嬷嬷鼻端。

下一瞬，他轻喃出一个名字——

"许栖。"

钱嬷嬷脸色骤变。

记忆刺啦一声被划开一个大口子，所有她不愿回忆的画面——自她脑海里掠过——

淮照国太子临死前微弱的呼救声，一波又一波无情盖过他头顶的池水，岸边人嗤笑着冷眼旁观……

以及，沾染了暗红色血液的明黄色衣摆……

钱嬷嬷犹自不敢相信，颤颤巍巍开口："许栖……许栖是谁？"

"许栖，"许故深答，"就是惨死在渠水殿的淮照国太子。"

钱嬷嬷见身旁之人果然与许栖有几分相似，她神情几度变换，终于抑制不住心里的恐惧，又哭又笑地跌坐在地上，泪水一下子涌出来。

"太子……太子殿下，求你……求你不要伤害我的涯儿，你……你将我的性命拿去吧！是我，是我对不住你！"她说话颠三倒四，俨然彻底将许故深认作了许栖。

冯卿安眉头一皱，有些不忍看许故深吓唬钱嬷嬷。

却见许故深摇了摇头，扶住挥舞着手臂的钱嬷嬷，温声安慰道："我早已经死了，不会伤害到任何人。"

"不……不……我知道的，你的魂魄一直在渠水殿里，不肯离去……"钱嬷嬷置若罔闻，自顾自蜷缩成一团，喃喃着，"可涯儿……可涯儿他不是有意要害死你的！"

许故深一顿，缓缓将视线移到了冯卿安的脸上。他神情平静，好似早就知道了是这样的答案。

冯卿安望着钱嬷嬷的举动，一颗心缓缓下沉。

果然，果然是冯执涯亲手害死的许栖。

虽然最初的种种都显示，许故深才是杀害许栖的真凶，可冯卿安心中依旧存了一丝疑惑。这丝疑惑在她将渠水事变尽数推到许故深身上，可冯执涯却暗地里保住许故深时，达到了顶峰。

她不明白，不论是不是许故深所为，为何冯执涯要保他？

现在想来，或许是因为冯执涯与许故深互握有把柄，又或者说是达成了某种协议吧。

只可惜，其中还有一个钱嬷嬷，知晓一切的钱嬷嬷受到了惊吓，一方面不愿看到善良的淮照国太子许栖无辜惨死，一方面又想保护她从小照顾到大、视若己出的冯执涯，终于将自己活活逼疯。

"可是，"许故深疑惑地皱眉，"我淮照国历来与盛燕国交好，无缘无故，王上为何要害我呢？"

"我……我不知道……"钱嬷嬷拼命摇头。

许故深也不急，兀自笑了一声："看来，我只能亲自去问一问王上了。"

钱嬷嬷神色惶恐，急急拉住许故深的衣袖："不！涯儿他不是有意的！"

她抖了好久才说："是……是因为……你撞破了涯儿对……对娘娘怀有不伦之情……"

钱嬷嬷讷讷噤声，吓得脸色惨白。

"娘娘？什么娘娘？"冯卿安忍不住急切地开口问道，她心中其实隐隐知道了答案。

许故深淡淡瞥了她一眼。

钱嬷嬷神情恍惚，老半天才念出一个压抑在心底很久的名字："叶湘。"

冯卿安呼吸一停。

看着许故深将陷入沉睡的钱嬷嬷扶去床榻上歇息，冯卿安勉强镇定下来，不在许故深面前泄露自己的思绪。隔了半晌，她才凉凉开口："世子这是何意？为何要让我知道这些？"

"这不正是公主想知道的吗？"许故深低笑，只是眉眼里却毫无笑意，"故深只是想助公主一臂之力罢了。"

冯卿安一蹙眉，不信他的说辞，正欲再说些什么，却听见大殿外传来整齐的呼喊声——

"参见王上。"

◆ 第十一章

我是站公主这边的

薄雾散去，皎洁的月光洒在院子里，任何一点风吹草动都一清二楚。

冯卿安悚然一惊，怎么也没料到冯执涯会在这个时候来看望钱嬷嬷，她与许故深对视一眼，两人都从对方眼中看到了一丝凝重。

许故深当机立断，飞快熄灭了大殿里的烛火，搂住冯卿安的腰肢，带着她隐在暗处。

外头侍卫的声音渐渐传来："王上……钱嬷嬷大概是睡下了，不如您……"

冯执涯的眼神阴鸷了几分："哦？不如什么？不如你来替

我做主？"

那侍卫吓得冷汗都冒了出来，赶紧跪下："属下不敢！"

冯执涯懒得搭理他，径直问另一个侍卫："可有人来探望钱嬷嬷？"

那个站着的侍卫支吾了一下，答道："并无。"

"是吗？"冯执涯淡淡扫了他一眼。

"是。"那个站着的侍卫也扑通一声跪下，吓得头也不敢抬，他自然不敢承认自己为了私欲私下放了人进去，只道，"没有人能通过正门进来。"

言外之意即是，如若在里头发现别的什么人，定是私闯冷宫。

冯执涯笑了笑，挥挥手示意他们起来："不用紧张，本王只是随便问问罢了。"

听着冯执涯的脚步声朝这个方向而来，许故深不再犹豫，抱着冯卿安自另一侧的窗户跃出。在这种紧要关头上，他们自然无法离开层层把守的冷宫，只能暂时找个空置的房间藏身。

他们躲进了一个放满了杂物的房间，这里灰尘很重，可此刻却无法顾及这些。

冯卿安透过窗户缝隙看着寝殿的烛光亮起，有些担忧："倘若钱嬷嬷将我们供出来，怎么办？"

"即便说了又如何？你觉得王上会信？"许故深的吐息落至她耳畔。即便危机如现在，他也一点不见着急。

也是，钱嬷嬷经常胡言乱语，说出的话并不可信。即便说出来冯执湦信了，也不会怀疑到他们头上来。冯卿安稍稍松了口气，退开半步远，一边警惕地注意着外头动静一边问道："你怎么知道许栖之死是哥哥所为？"

许故深丝毫不介意她的躲避，他面上笑意不减，话语却冰冷无比。

"因为那晚，我就在现场。"他说。

冯卿安一愣，倏地抬眸看着他，有些不敢相信。

许故深来盛燕国为质时，年仅十四岁。

他的命运是淮照王在一次酒宴上谈笑间轻飘飘定下的，淮照王美曰其名让许故深去盛燕国历练历练，日后将盛燕国值得学习的地方带回淮照国。

但许故深明白，让他去盛燕国，只是为了讨盛燕王冯执湦的欢心。而之所以选择他，只因他是淮照王最不受重视的那个儿子罢了。再则，他对寻常贵族子弟玩乐的那一套毫无兴趣，而是一心钻研毒术。虽然没有人多说些什么，但上到淮照王下到几位殿下，都隐隐忌惮他研制的那些古怪毒药。

彼时的许故深对此安排并未有过多反应，他性子淡薄，去抑或是留，对他而言都没什么差别，无非是换一个睡觉的地方罢了。

唯一对他的离去表示不舍和抗拒的人，便是许栖。身为淮照国太子深受淮照王喜爱，一直知书达理的他，甚至在朝堂反对了淮照王的决定。他觉得不该让年仅十四的许故深去盛燕国王都这样的狼虎之地。淮照王震怒，禁了许栖的足。

此举让许故深很是惊诧，对许栖而言，自己去盛燕国无疑是减少一个威胁。他与许栖并不算关系亲密，可许栖却罔顾自身利益站出来维护他，承担一个大哥的责任。不得不承认，许故深是隐隐有些感激他的。

冯执涯二十四岁生辰那一年，许故深十八岁。他的哥哥许栖不顾淮照国众人阻拦，坚持要来盛燕国亲自为冯执涯庆生，其实许栖私心是为了来看望看望自己那个身处盛燕国孤立无援的五弟。

原本性子散漫的许故深在许栖的提议下，得以进入盛燕王宫。

只可惜，在难得的欢喜之际，他见到的，却是濒临死亡的许栖。

渠水殿里，望着许栖在湖中挣扎，许故深却什么也做不了。

身旁一个上了年纪的婢女在见到如此情景后，惊叫一声昏了过去。他的周遭围满了冯执涯的亲卫，而他只能选择一言不发地跪在冯执涯身前，漠视眼前的一切。他一颗稍稍暖起来的心，在许栖力竭沉入湖底的那一刻，彻底冷却下来。

"你是何人？"冯执涯朝他走近，一脚踏在了地上一小摊血迹上，眯眼高深莫测地打量着这个突然闯入渠水殿的年轻男子。

暗红的血液溅在了许故深衣襟上、脸颊上，可他却不能擦。他静了静，稍稍回神，缓缓抬头道："启禀王上，我是淮照王第五子许故深。"

冯执涯思忖了一阵，笑了笑。

"哦，我记起来了，你是四年前淮照王送来我盛燕国弦京的小世子是吧……许栖的弟弟？"冯执涯刻意加重了"弟弟"二字，话语中暗含威胁，"此番，好似就是许栖提议让你陪他入宫的？是也不是？"

许故深嘴角扬了扬，看也不看许栖的方向，恭敬道："故深不敢欺瞒王上，说实话，此番故深也不知为何大哥会唤故深入宫。"

"哦？"冯执涯来了点兴致，打量着这个素未谋面的淮照国世子。

"故深在淮照王宫时，与大哥以及其他几位哥哥并不熟悉……大哥是太子，身份尊贵众星捧月，故深只是微不足道的一颗星星。恐怕……此番大哥想要见故深，是为了拿故深寻开心吧。"

见许故深并没有替许栖出头的意思，冯执涯轻嗤了一声，杀意减退了那么几分。

　　而那时，许故深忽而想起冯执涯在寻流火花之毒的替代品这回事。阴错阳差，他正好改良了这味毒药，而且还有贴身携带的习惯。

　　他虽无意争权，却为了自保，在弦京一点一滴安插了自己的势力，对冯执涯的一些情况略有耳闻，以备不时之需。

　　那位传闻中深受盛燕王冯执涯宠爱的卿安公主日后会如何，他并不在乎。此时此刻，他唯一在乎的，便是他惨死的大哥许栖。

　　思及此，许故深再度恭敬地朝冯执涯叩首，将随身携带的那味流火以及解药献给了冯执涯。

　　冯执涯沉吟了很久，倏地笑了，他拍了拍许故深的肩膀，亲切道："好了，起来吧。以后在我面前，你无须紧张。"

　　许故深心中一凛，如此，自己的命算是保住了。他并未立即起身，而是垂首恭敬道："是。"

　　"这样吧，今晚，你也去芳华殿赴宴，总不能……白来了一趟。"

　　"是。"

　　待冯执涯和他的人陆陆续续离开了渠水殿后，他才慢吞吞地整理了一下衣服，轻轻擦拭掉脸颊上沾着的血迹，踉跄地站起身，然后，面无表情头也不回地走出了渠水殿。

　　身后的湖水平静无波，好似刚才那起光明正大的杀害并未发生过一样。

　　随后，满心仇恨的他遇到了仓皇失措想要离开的冯卿安。

他将陷入昏迷的冯卿安再度送到了冯执涯身边，越发讨好了冯执涯。

也就是这时，他下定决心要替无辜惨死在盛燕王宫的许栖复仇，他要蛰伏在冯执涯身边，一点点扳倒冯执涯。

他本无意参与纷争，却还是陷入了权力相争的旋涡。

逃不了的，既然身为皇家之人，就永永远远无法逃脱。

这么多年来，许故深一直不知许栖究竟如何惹恼了冯执涯。他只知，他和冯执涯心照不宣地掩埋了这件事的真相。

许故深有意讨好冯执涯，对此缄默不言。

而冯执涯因为许故深知晓当年的真相，事情一旦泄露出去会影响到整个盛燕国，所以越发拉拢他，甚至有意要助他重返淮照国，夺取淮照国的王位，成为自己的傀儡。

"多亏了公主，让故深得知了，当年知晓实情的，还有这位钱嬷嬷。"许故深轻笑，语气波澜不惊，"只是不知，叶湘是谁？"

冯卿安不躲不避地回视着他，并不打算隐瞒，平静道："我的母妃。"

许故深微怔，他心思何其通透，通过钱嬷嬷刚才的话，很快明白过来。冯执涯大抵是恋慕那位名为叶湘的娘娘，而他这份心思无意中被许栖撞破，他恼羞成怒，避免自己的名誉受到损害，所以对许栖暗下杀手。

冯卿安母妃早早死去，想必也与冯执涯脱不了干系。

也许是心绪使然，冯卿安过于紧张，心跳开始微微加速，她勾了勾嘴角，并没有在意身体的异样。

"是，哥哥对母妃有不伦之情，对我也是。"她舒了口气，笑容不改。

"多亏了世子，一次次将我送到哥哥身边。"她正了正头上的帽子，移开视线，不痛不痒地说，"也多亏了世子，让我不得不为了安稳而拼死一搏。"

为了安稳而拼死一搏。这实在是太过矛盾的一句话，可却无比真实。

许故深一顿，眸色加深。不知为何，一直沉寂无波的心忽然抽痛了一下。不知是为了此刻从容的她，还是为了先前怯懦却故作坚强的她而心疼？

是他，亲手将她变成了现在这个样子。

许故深张了张口，还未来得及说话，外头忽然传来钱嬷嬷的声音："我不喝！我不喝这些东西！"

冯卿安眉头一蹙，迅速透过窗户循着声音望了过去。

冯执涯站在门口冷眼看着冲出殿外状若癫狂的钱嬷嬷，淡淡吩咐身旁人道："将她拉进来。"

　　钱嬷嬷一边挣扎一边哭喊道："涯儿！我不喝！我不想喝……涯儿你看在昔日的情分上，不要……我、我保证不会说出去的！我不会说害死淮照国太子的人是……不会再说真凶未死！"

　　冯执涯眉头一蹙，呵斥道："捂住她的嘴！"

　　他冷冰冰地弯了弯唇，眉眼狠厉地看着涕泗横流的钱嬷嬷道："情分？若不是看在多年情分上，我怎会一直留着你的命？可你呢？是如何回报我的？一次次坏我的事？"他嗤笑一声，"只有喝过药，你才能冷静下来。"

　　看着无法反抗的钱嬷嬷，冯卿安背脊发凉。

　　是了，这才是冯执涯。他本就是心狠手辣心肠冷硬之人。他所表现出来的任何温情，都是为了一己私欲罢了。

　　不知从哪里刮来一阵寒风，冯卿安情不自禁打了个哆嗦，额上开始冒出冷汗来，她开始慌了，觉得有些不对劲。

　　许故深看出她的反常，眉一拧，飞快地问："公主可曾随身带了药？"

　　冯卿安摇了摇头，眼前突然一阵模糊。她怎么也料不到，已经多日未毒发的她，会在这个时候突然发作。

　　冯卿安身子一软，跌入一个算不上温暖的怀抱里。她有些无奈，在心里叹息一声，声音里带着些鼻音埋怨道："定……定是你命中克我，每次见到你，我都会……毒发。"

许故深拥着她缓缓落地，地上很不干净，于是他便一直保持着姿势将她紧紧搂在怀里。闻言他低笑，眼眸深深地注视着她。

"公主为何不说，是故深命中注定要救你呢。"

冯卿安心头一跳，不知为何，从他一贯散漫的嗓音里听出了一丝认真。她一时不知道该反驳什么才好。

不知过了多久，她才勉强笑了笑："世子一会儿帮哥哥，站在哥哥那头；一会儿帮我，我可真是……越发看不懂世子了。"

许故深抬头看了一眼窗户的方向，外头依旧灯火通明，冯执涯还未离开。而他此番入宫匆忙，也并未带解药。

他叹息一声，温声道："公主不知，故深一直是站在公主这边的。"

"是吗，我……我才不信。"冯卿安这回是真心实意地笑了。但下一瞬她的眉头便紧紧皱成一团，她浑身开始战栗，一波又一波的疼痛席卷了她的全身。

许故深眼底划过些许心疼，可在这种关头，他却什么也做不了。

"许……许故深。"冯卿安忽然紧紧攥住他的衣袖，竭尽全力压抑住自己的痛苦。

"公主，我在。"

"你那两个……宠妾很是讨厌。"冯卿安说完紧紧合上眼，不知是疼痛使然，还是她不敢睁眼看许故深的神色。

许故深微怔，没料到她突然提起这个。

"宠妾？"他轻声喃出这个称呼，兀自一笑，"我何曾宠过她们？"

他抬袖动作轻柔地拭去冯卿安光洁额头上的汗珠，与她额头相抵，呼吸可闻。

"唔，既然她们不讨你喜欢，那将她们赶走便是。"他口气轻描淡写，并没将她口中所谓的"宠妾"放在眼里。

冯卿安心弦一动，有些不敢相信他的回答。

但下一瞬，她笑了一声。

"好，赶走她们。"她说。

这一刹，好似她与他之间的所有怨懑，所有针对，所有利用和被利用都不曾存在过一样。

在她浑浑噩噩即将疼晕过去之际，她仿佛听到他极轻地叹息了一声。

"抱歉……卿卿。"

这一刹，冯卿安不由得心想，他是在为什么事情道歉呢？是为那两个"宠妾"的无理，还是为了他对她的利用和辜负，将她一次又一次推到冯执涯身边呢？

她不知道，也不想知道。

天色大亮。

睁开眼的那一刻，冯卿安愣了愣，有些不知道自己身在何处，但很快，她的记忆便汹涌而来。她发觉身上盖了一件外衫，是昨晚许故深身上穿的。

"醒了？"身旁传来一个稍显低哑的嗓音。

冯卿安一愣，飞快地转头看过去。许故深看起来有些疲倦，但眉眼里俱是笑意，他指了指自己酸胀的大腿："公主昨夜睡得可安稳？"

冯卿安抿了抿唇，赶忙起身，她脸颊不由自主地飞起一抹红："抱歉。"

她没料到许故深居然护了她一夜，长时间维持一个动作想必很难受吧。她想说几句感谢的话，张了张口，却什么也说不出口。他与她之间，在一次次的接触中，有太多欺瞒、利用和帮助，早已牵扯不清了。

她不仅看不清他，也看不清自己的内心。

许故深揉了揉腿，也随之站起身，推开门走了出去。外头空荡荡的，依旧没有婢女，只有外头守着的几个侍卫而已。

"王上早已经离开了，现在外头应该没什么人。"

冯卿安回神，低头应道："嗯，那走吧。"

许故深看了她一眼，笑容一敛，不再说话了。

他抱起冯卿安，自一处静僻的围墙翻了出去，他很快将她放下，替她指引了一个方向，道："公主顺着这条路走，便可返回思卿殿。"

冯卿安顺着他的指引看了过去，她顿了顿，淡淡道："就此别过。"

正欲转身之际，许故深喊住了她。

"等一下。"

冯卿安惊讶地抬眸看着他。

却见他含着笑，动作自然地替她扶了扶帽子，他低声道："公主小心些，不要被发现了才好。"

冯卿安望着他，眼眸闪了闪，却听他说出下一句："想必若是公主被发现，定会牵扯出我来吧？"

许故深弯了弯唇，他眉眼清俊，说不出的好看。冯卿安也笑了笑，承认道："那是自然。"

她不再与他多说，径直转过身去。

也不知，思卿殿中有没有人发觉她一夜未在，只盼还陵不要因为自己的迟迟不归，慌了阵脚才好。

至于她与许故深，短暂的温情终将会烟消云散。唯有保持公主与世子应有的距离，才是正常的。

一返回思卿殿，冯卿安不再迟疑，即刻联系叶眠，告知他冯执涯与许栖之间的纠葛。这件事是一个很好的切入点，冯执涯其人虽然不择手段，却一直很得人心。包括他留下钱嬷嬷的性命，照顾她，也是为了给外界留下他重情重义的印象。

如若世人知晓了，他一直在欺瞒淮照国、欺瞒所有人，许栖实际上是他所杀，那对他们而言，是极其有利的一件事。

然而，曝光所有的前提是，曝光冯执涯与她母亲叶湘的私情。

一方面，这显然不是一件容易做到的事情；另一方面，冯卿安有些不忍自己的母妃名声受损。

她有些犹豫了。

刚刚将那传信的黑色鸟儿放飞，还陵便推门而入，他表情有些不太对劲："公主，江妃娘娘来了。"

话音刚落，江微岚便跟在还陵身后走了进来，她笑着道："卿安妹妹，姐姐可以进来坐一坐吗？"

"姐姐愿意来坐一坐，卿安求之不得。"

经过那日送糕点之事后，江微岚一直对她爱搭不理，今日却主动前来，冯卿安有些受宠若惊。

她让还陵去外头候着，不要打扰她们。还陵脚步有些滞缓，他看了江微岚几眼，还是走了出去。

江微岚抚着小腹小心翼翼坐下，这才望着她开口道："卿安妹妹昨晚去哪儿了？"一向直白的她，此刻神情有些诡谲，令人捉摸不透。

冯卿安一惊，一皱眉："微岚姐姐？"

还陵明明告知她，昨夜并未有人来探访。

江微岚手指爱怜地抚摸着小腹，道："好巧不巧，刚才我的婢女看到一个和公主长得很像的小太监，在还陵公公的带领下进了思卿殿。我那婢女还告知我，昨夜不知怎么回事，还陵公公不老老实实地待在卿安妹妹的寝殿门口候着，居然一直往正门跑，不知道在等什么……"

江微岚注意到桌子上放置了一件刚刚脱下来的太监服，惊呼一声："啊，莫不是……那个人真是公主吧？"

冯卿安脸色微变，笑容收了起来："姐姐这是什么意思？直说便是。"

江微岚也收了笑，冷哼一声："恐怕公主没有认清自己的身份吧？身为王上的妹妹，却屡屡勾引王上，你究竟安的什么心思？还想当王后不成？"

"我并未与哥哥相见。"冯卿安解释道。

"公主神神秘秘深夜外出，不是为了和王上私会，还是为了什么？"

冯卿安气极反笑，显然江微岚是误会自己深夜与冯执涯私会去了，见拧不过她的想法，也懒得再劝："姐姐若非要钻死胡同，那卿安也没办法。"

"你！不知廉耻！"

江微岚猛地站起身，脚步有些虚浮，冯卿安下意识要去扶她，却被她狠狠拍开手："不用你假好心！"

望着江微岚径直走出去的背影，冯卿安苦笑，又是一次不欢而散。

在接下来的日子里，她曾想等江微岚气消了，再向江微岚好好解释。可江微岚却一直避而不见，不仅如此，江微岚还向冯执涯提出要搬离思卿殿。

冯执涯公务繁忙，无暇顾及她的心情，也没兴趣知晓她为何要离开，挥挥手就应允了她，于是，她又搬回了之前居住的南照殿，且不再与冯卿安来往。

思卿殿又恢复了往日的平静，只是不知这平静还能维持多久。

天气渐渐炎热又渐渐转凉，转眼便到深秋。

盛燕国王都弦京，冯执涯身上的怪病一直没有好，他的身体时好时坏，很是反复。

在此等情况下，包括位高权重的祝将军在内的多位臣子向冯执涯举荐了冯卿安，让冯卿安插手朝政。冯执涯沉默了很久后，抵不住一次又一次的当朝昏倒，终于同意让冯卿安暂理朝政。

虽是如此，他却并未给冯卿安任何头衔，而是任由她顶着公主的名号名不正言不顺地替他处理各项琐碎的事务。

在这段时间里，各种事件层出不穷。距离弦京两百里开外的城镇突发瘟疫，死了大片牲畜。拦截了病毒水源，掩埋掉发病的牲畜，却还是无济于事，阻止不了瘟疫的蔓延。在大家一筹莫展之际，叶眠将自家祖传的秘方尽数献上，几日后，疫情果然有所好转。此类祖传秘方本是不能公开的，可叶眠却毫无保留，此举得到了冯执涯的大肆封赏。

在这大半年里，冯卿安和叶眠的势力渐渐在朝中扩大。

当然，谁也不知，这所谓的瘟疫本就是叶眠亲手造成的，而且，这实际上并非瘟疫，而是他下的蛊，以血和无数生命为代价。

至于遥远的淮照国，也很是不平静。淮照王年岁已高日渐衰老，他安于享乐，甩手不再理会政事，而是安排手下几个儿子去处理，权当是考察他们。

而随着许栖的死，和几位反对四殿下的朝臣退位，四殿下越发锋芒毕露，朝中几股势力都明里暗里地依附于他，俨然认定他就是未来淮照王了。

淮照王心思难料，依旧不肯彻底放手，将王位传给四殿下。淮照王不是不明白四殿下的野心，他心里清楚，余下这几个儿子不比许栖为人忠厚，以他马首是瞻。现如今，一旦立了太子，他的地位便岌岌可危了。

有趣的是，也许是看出了冯执涯的疲态，一直隐而不发、存在感极低的濮丘国近半年也开始蠢蠢欲动起来，好似对盛燕、淮照两国相争的那座月牙古城很是感兴趣。

试问，谁没有吞并其余两国，一统天下的野心呢？

清晨，伴随着黎明的降临，一声清脆的啼哭响彻整个盛燕王宫。

　　江微岚为冯执涯诞下了一名男婴，这是盛燕王冯执涯继位十五年来的第一个儿子，冯执涯大喜，晋升江微岚为贵妃，还给新生儿赐名为麟，冯麟，以示珍爱。

　　冯卿安得知消息后，第一时间将早早备好的礼物送去了江微岚处。本以为江微岚会不愿意见她，不想，几日后，江微岚居然亲自派人来邀请她前去探望小殿下冯麟。

　　当冯卿安依言赶到南照殿时，正巧看到刚刚下朝的冯执涯在房内逗冯麟玩。看到冯卿安来了，冯执涯笑了笑："卿安，快过来。"

　　冯执涯眼神混浊了许多，不笑时，整个人看起来越发阴郁。

　　冯卿安脚步顿了顿，视线不动声色地自床榻上的江微岚身上掠过，还是走了进去。

　　小殿下冯麟很是乖巧，乖乖地躺在江微岚的怀里，一双大眼睛好奇地到处转。冯执涯难得的喜形于色，他别有深意地瞥了冯卿安一眼，道："卿安，快来看看麟儿。"

　　冯卿安微微笑道："恭喜哥哥和微岚姐姐了。"

　　也许是初为人母的缘故，江微岚很是温和，她主动朝冯卿安道："卿安妹妹要不要抱一抱小麟儿？"

　　冯卿安一愣，摆了摆手拒绝。她从未见过如此软软小小的婴儿，盯着小殿下冯麟瞧了会儿，还是忍不住伸出手在他的脸颊上戳了戳，见他咯咯笑个不停，冯卿安眼神柔软起来："小麟儿，快叫姑姑。"

冯执涯笑了，他动作自然地拉住冯卿安的手，手心微微发烫，宠溺道："麟儿还小，怎会叫姑姑？"

冯卿安一僵，不料冯执涯居然当着江微岚的面对她举止亲昵，她轻轻挣开冯执涯的手，微微退后一步，扯了扯嘴角自嘲："是卿安操之过急了。"

江微岚装作没有看到冯执涯的动作，温声朝冯卿安笑了笑："看来麟儿很喜欢公主。"

"自然，"冯执涯含笑道，"看来这小麟儿真是像极了本王。"

冯卿安心里咯噔一下，脸色微变。

江微岚却仿佛没有听懂冯执涯的意思，冲冯执涯撒娇："麟儿是王上的第一个孩儿，自然像极了王上。"

又逗弄了一阵后，见冯麟有些犯困了，奶娘赶紧将冯麟带了下去。江微岚愣了愣神，对冯执涯道："王上，微岚可否和公主说几句悄悄话？"

冯执涯似笑非笑地打量着她们，见冯卿安并未拒绝，他眸光渐暗，漫不经心地笑道："哦？悄悄话，还有什么悄悄话是本王听不得的？"

江微岚抿唇笑："王上您就别问了，这是我与卿安妹妹的小秘密。"

待冯执涯离开后，冯卿安静了一瞬，率先开了口："姐姐，不论你如何想我，我还是想解释一句，我与哥哥并没有任何私情。现在哥哥与姐姐有了麟儿，我是真心实意地为姐姐高兴，只望姐姐好好养身体，日后……"

"卿安。"江微岚出声打断了她。

听了冯卿安的这番话后，江微岚神情变得微妙起来，她偏头注视了冯卿安一会儿，方才扬唇一笑。

她亲亲热热地拉住冯卿安的手，柔声细语道："妹妹，我想清楚了，左右我已经有这个孩子了。如果……如果你和王上是真心相爱，我可以替你们保守秘密。"

听她说完最后一个字后，冯卿安依旧面容沉静。过了许久，冯卿安才兀自低笑一声，挣开江微岚的手，站起身来，帮她掖了掖被角，垂下眼睫轻声道："既然姐姐如此看我，看来卿安没有多费口舌的必要了。"

说完她便径直往门外走。

"卿安妹妹，你别生气，姐姐只是……只是害怕失去你跟王上……"江微岚泪眼盈盈，她急切地想要拉住冯卿安的衣角，却抓了个空。

"既然妹妹不愿意，啊不，既然妹妹与王上什么也没有，那姐姐不再说此事便是。"

冯卿安脚步一停，叹息一声，心下凄然。

她厌倦了后宫之中的小心翼翼相互揣测，人人都因为一点细枝末节的东西便加以揣测。她竭尽全力维持与江微岚之间的关系，说到底，还是不愿与江微岚交恶的。

她转头微微一笑："如此，卿安便安心了。"

江微岚好像兴致很好，一直亲热地拉着冯卿安絮絮叨叨谈天说地，好似之前两人之间的怨怼从没有存在过一样，

江微岚聊到了自己的家乡濮丘国，她说她在濮丘国时很得父王喜爱，是最受宠爱的濮丘国公主，无数人都追捧着她。可她来到盛燕王宫后，却因为一直不受宠，受尽了冷眼。

一杯果酒下腹，她情绪越发高涨，悄悄告知冯卿安，她的父王，也就是濮丘王本打算派她来当细作，摸清冯执涯的喜好，暗中打听冯执涯对濮丘、淮照两国的未来部署，是否有对濮丘国不利的计划等等。如若能发现他的什么弱点，就再好不过了。

可濮丘王到底还是高估了江微岚的美貌，也低估了冯执涯的防备之心。最初她并不得冯执涯喜爱，所以无法获知任何情报。好不容易等冯执涯待她亲近起来，她却情不自禁爱上了冯执涯，双耳都被蒙蔽了，什么也无法顾及。

江微岚还告知冯卿安，她在濮丘国还有一个关系极好的哥哥，只是她哥哥命运比她还要凄惨几分，早早被濮丘王当成弃子送走，不知生死。

她毫无保留地向冯卿安袒露了一切，情到深处，她眼眶红了红，望着冯卿安哀声道："卿安妹妹你莫怪我，我在这盛燕王宫里，是真心实意想与妹妹交好，所以才一时冲动，不听解

释就责怪妹妹……"

冯卿安心软了软，安慰了江微岚几句，见她如此真诚，之前对她的气愤也渐渐消散。

她担忧江微岚刚刚生产完的身体，说什么也不许江微岚再喝那果酒，于是江微岚便将酒盅递到她嘴边来，无奈之下，冯卿安一连喝了好几杯。

她本就不胜酒力，几杯下肚便有些犯晕了。江微岚见状，赶忙唤来门外的还陵，让还陵扶冯卿安去休息。

见冯卿安醉成这副样子，还陵微不可察地皱了皱眉，他身份低微自然无法指责江微岚，只好搀扶着冯卿安去偏殿歇息。

冯卿安醉得厉害，也无暇顾及这里不是她的思卿殿，刚一挨着床便沉沉睡了过去。

还陵轻叹一声，替冯卿安盖好被子后，便走了出去。

还陵刚离开不久，一个身影便悄然而至。他从暗门里缓缓走出来，里头很暗，而他并未点灯，而是就着月光细细打量床榻上她的眉眼。

他的眼神炽热而迷恋，浑身酒气比安睡中的她还要浓烈几分。

"阿湘……"他低唤道。

天色大亮。

冯卿安困倦地翻了个身，刚打算继续睡，便听到门口传来轻微的吱嘎声。她估摸着是来打扫卫生的婢女，并未多加理会，不想，那婢女却不识趣，猛然一声惊呼，手中银盆跌落在地。

冯卿安不耐烦地蹙了蹙眉，刚打算睁开眼，便听到身旁传来一个熟悉的低哑嗓音："是谁在大呼小叫？"

骤然听到身旁传来这个声音，冯卿安如遭雷击，难以置信地睁开眼，飞快清醒过来。睁开眼的刹那，她正好看清躺在自己身侧的人，俊美精致的轮廓、挺拔的鼻梁——冯执涯。

冯卿安背脊一寒，心跳几乎要停止。

她浑身发抖急欲起身，却冷不防被薄被缠住，越急越脱身不得。冯执涯好似被她的动静所惊扰，缓缓睁开眼，看见身旁的她，他并不意外，而是低笑一声，手指亲昵地拨了拨她汗湿的额发，哑着嗓子唤出一个名字："阿湘。"

冯卿安悚然一惊，还未来得及反应，却听见外头传来嘈杂的声音。

几位来探望江微岚和小殿下冯麟的嫔妃正巧看到那婢女跌跌撞撞自偏殿里头跑了出来。

她们与其说是来看望江微岚的，不如说是来碰运气的。听闻王上最近几日一直歇在这里，江微岚明明身子不爽，却还是霸占着王上，让她们很是不满。说不定此番她们运气好，能借此机会重得王上宠爱。

　　见那婢女神情恍惚，其中一个嫔妃斥道"这么慌张做什么？里头怎么了？王上可是在里头歇息？"

　　那婢女一会儿点头一会儿摇头，什么话也说不出来。

　　她们几人对视一眼，走了进来。

　　看清里头情形的那一刹，空气顿时凝固，她们脸上的神情比起那婢女更惊惧了几分——

　　"王上？公……公主？"

　　冯卿安脸色骤然变得惨白。

◆ 第十二章

我们最般配不过

那日之事终究无法掩盖过去。

整个弦京，关于冯执涯与冯卿安乱伦的风言风语流传开来。冯执涯常年宠爱冯卿安，连重要的南巡都将其带在身边，这半年来，更是让她插手朝政……如此种种，让人不由得浮想联翩。

此等宫闱秘闻让寻常百姓们咂舌不已。

叶眠借势，再度利用舆论发力。冯执涯亲口称呼冯卿安为"阿湘"，而冯卿安的生母名字正好嵌了一个"湘"字，冯执涯与冯卿安的生母也可能有着某种不可言说的关系……这些流言蜚语，搅得这池水越发混浊。

叶眠丝毫不在意，这接连种种都是踏着冯卿安的清誉进行的。

重头戏还未开场。

面对越来越严峻的形势，冯执涯仅仅在当日贬了江微岚的位阶，不允许她与小殿下冯麟接触后，就没了动作。

眼下，面对日渐强盛的濮丘国，他隐隐察觉到了威胁，召集一众大臣打算先下手为强。

冯执涯不是傻子，自然知道那日是江微岚的小伎俩。前几日晚上，江微岚便有意无意在他耳边吹枕边风，声称自己有法子能让冯卿安彻底归顺于他，于是，他心动了。

当晚他并未对冯卿安做什么，而是打算私下里等她主动服软，他到底还是舍不得在她不知情的情况下强迫她。

可转眼，他的心思暴露在众目睽睽之下。江微岚到底还是性子急躁，自作聪明，手段太过拙劣了些，轻而易举就被他发现马脚。

事后，冯执涯无法承认自己与妹妹的私情，当众驳斥了流言，却无法强行镇压流言蜚语的迅速蔓延。只能暂时先疏远了冯卿安，等这风波过去了再说。

在江微岚被关禁闭的这段时间里，她屡次找人传话给冯卿安，声称要见冯卿安一面，可冯卿安却一直避而不见。次数多了，冯卿安烦了，还是赴约了。

她想着，她与江微岚之间，终归要有一个了结。

来往的婢女、侍卫、太监皆如往常一般，远远见到冯卿安的轿子过来，便跪下向她行礼。只是，他们看似恭敬的眼神中比平日多了一份古怪。

估计谁也没想到，看似高高在上的公主殿下居然会勾引自己的亲哥哥吧。

冯卿安轻飘飘地收回视线，合上帘子不再理会。

南照殿。

看着眼前妆容精致的江微岚，冯卿安面容恬静，脸上带着淡淡的笑容，丝毫不着急。

冯卿安这副云淡风轻的模样反而让江微岚心里咯噔一下，有些慌张。她不再掩饰自己，讽刺道："看来公主对微岚那夜的安排很是满意嘛，一点不见焦虑。"

冯卿安轻笑一声："焦虑？我为何要焦虑？微岚姐姐希望看到我焦虑的样子吗？"

江微岚一愣，咬牙道："公主真是不知廉耻。"

冯卿安觉得好笑："一切都是姐姐亲手安排的，我都没气，姐姐气什么？"她站起身，不欲再聊，"原本是想与姐姐好好谈谈心，不想姐姐还是执迷不悟，也罢，就当卿安这次过来，是来谢谢姐姐的吧。"

"谢我？！"

"姐姐以为毁我清白就能伤害到我？"冯卿安弯了弯唇，她似笑非笑地侧头瞥了江微岚一眼，"如若不是姐姐的助力，我还真不知该如何是好呢。"

这半年来，她一直想抓冯执涯的马脚，曝光他杀害淮照国太子许栖这一事实。这类重大的事件无法和平时那些琐事一样，用几句流言就能伤及冯执涯的根基。

可冯执涯为人谨慎，做事一直滴水不漏。江微岚此番对她的暗害，虽然有损她的名声，她却毫不在意，反而正中她下怀。

江微岚冷哼一声，并不明白她在说什么："卿安妹妹莫不是气急败坏，都开始胡言乱语起来了。"

冯卿安嗤笑，往门外走去。

见她真要离开，江微岚情绪激动起来："呵……冯卿安你等着！你等着瞧，我是濮丘国公主，盛燕王最受宠爱的贵妃娘娘，育有盛燕国未来之主！王上他不会不理我的，你等着……王上定会放我出来，定会立我为王后的。"

冯卿安轻轻笑："愚蠢。"

"你说什么？！"

"我说你愚蠢，简直愚不可及。"

江微岚一口银牙几乎要咬碎，却见冯卿安继续平静道："为了所谓的帝王之爱，迷失自己，得不偿失，值得吗？"

江微岚气急，想要扑过来抓住冯卿安，却被守在她身侧的婢女按住手。

"你！"江微岚几近陷入癫狂，"如果不是你，我怎会落得如此境地？！"

冯卿安懒得再理会她，冷冷道："姐姐，好自为之吧。"

走在内院的石子小路上。

"公主，现在是回思卿殿吗？"还陵小心翼翼地问。

冯卿安愣了愣神，说："嗯，我是要回去。"

她视线温软地落在还陵身上，浅笑道："可还陵哥哥，就未必了。"

还陵怔了怔，不知冯卿安为何突然对他发难。

"还陵哥哥，你觉得，我今日为何要来这里？"冯卿安问。

"奴才……奴才不知……"

"哦。"冯卿安点点头，呼出一口气，轻描淡写道，"那日和微岚姐姐喝完酒后的事情，我记不太清楚了。我喝醉后，是走的这条路吗？"

"回公主，是。"

"所以说……"冯卿安慢慢道，"就是你亲手将我送到哥哥床榻上的吧？"

还陵一怔，遍体生寒，下意识地想要否认，却在面对冯卿安冷到极致的眼神时，说不出那句否认的话来。

他见过冯卿安脆弱的模样，见过冯卿安强装坚强的模样，也见过她逼迫自己在面对冯执涯时，露出微笑的模样，还见过她在见到许故深时，口是心非的模样。

却从未见过眼前失望透顶的她。

"说吧，你到底是谁？"

"奴才……"

还陵声音有些发抖，好似难以启齿一般，冯卿安并不急，静静看着他，而他终于下定决心，跪倒在冯卿安身前。

他稳住声音，一字一顿道："奴才原本是濮丘国七殿下……濮丘国公主江微岚一母同胞的哥哥……本名，江还陵。"

冯卿安的心悠悠一沉，果然。

她其实早就觉察出了不对劲，她不敢完全信任江微岚，心中到底还是存了一分警惕的。但她信还陵，信还陵会在她醉酒后护住她，她信这个一直沉默地陪在她身边的人。毕竟之前的每一个晚上，知晓她多梦魇的还陵，都会守在她门外。

可她怎么也料不到，在她酒醉醒来后，见到的人居然会是冯执涯，而还陵一直到很久以后才出现。

"她还让你做什么了？"冯卿安温温和和地笑，"杀了我吗？"

还陵一惊，慌忙摇头："公主，还陵生是公主的人，死是公主的鬼，断不会背叛公主。"

　　见冯卿安没说话，还陵静了静，继续道："娘娘早早便认出了奴才，只可惜奴才早已是残破之身，也早已是公主的人，所以娘娘从未私下里与奴才联系过，直至那夜……娘娘以旧日之情找奴才一叙，所以奴才便在公主睡下后离去……奴才并不知王上也在娘娘安排的偏殿里。娘娘她从小性子单纯，没有经历过深宫的尔虞我诈，奴才一直以为她只是耍耍小性子而已，不会做出什么出格的事情来……"

　　"所以，你便信了她的话，擅离职守？让我陷入危险的境地之中？"冯卿安缓缓地问。

　　还陵一僵，半晌没说话。

　　冯卿安笑容渐渐失去了温度："我不怪你。"

　　"公主……"

　　"好了，你留在这里吧。"冯卿安闭了闭眼，"留在你的好妹妹身边，好好叙一叙旧，日后不必再回思卿殿了。"

　　还陵眼眸暗了暗，他嘴唇张合，想说些什么，却终归只是无言。他缓缓站起身，如往常一般朝冯卿安行了个礼，眼睁睁看着冯卿安头也不回地离去。

　　刚刚返回思卿殿，冯卿安便见殿外乌泱泱候了一群人，领头的是冯执涯的贴身大太监。

　　他在冯卿安下轿之际朝她行了个礼："公主，王上召您紧急去一趟芳华殿。"

　　冯卿安颇有些意外，不理解冯执涯为什么会在这种关头召见自己。

　　"何事？"

　　那大太监语调阴森森的，听起来很不舒服，可他口中的话语却让冯卿安彻底愣住。

　　"淮照国世子许故深，向王上求娶公主。"

　　借着更衣的名头，冯卿安返回了寝殿，她兀自坐在梳妆台前望着镜中的自己发了一会儿呆。

　　不知为何，在听到大太监那句话时，她第一反应居然是欢欣雀跃，然后才渐渐冷静下来。她不知道这种莫名其妙的雀跃从何而来，索性不去想。

　　冷静后，她忍不住想，许故深不会无缘无故求娶自己，他从未表露过喜欢自己。更何况，她现在的名声很差。

　　她思忖了片刻，分析了一番他这举动对自己的利弊之后，小心打开尘封了很久的妆盒，自里头拿出一块成色极好的玉佩出来。她细细端详着这块小小的玉佩，然后将其紧紧攥在手心里。

　　将那妆盒收好，她下意识唤："还陵。"

　　可外头久久没有人回复她，她这才意识到，自己将还陵留在了江微岚身边。

　　她一叹，唤了候在外头的另一个婢女上前来伺候她更衣。

芳华殿内灯火通明。

冯卿安在众目睽睽之下步入大殿，所有人看她的眼神都很奇怪，有赞赏的、有质疑的，也有嫌恶的。

今晚本是一次寻常的宴会，却因为许故深的当众求娶，变得不同寻常起来。

冯卿安目光率先落在了单膝跪于大殿中央的许故深身上。

上头的冯执涯单手支颐，眼神说不出的阴冷。待冯卿安朝他行完礼他才淡淡开口："卿安来了，正好，淮照世子说自南巡狩猎那日起，就倾慕于你。哥哥不想罔顾你的心意，如若你不愿意，哥哥也不会强迫你。"

冯卿安乖顺地回道："一切但凭哥哥做主。"

冯执涯慢慢笑了，他掩唇低咳几声，别有深意地注视着许故深，只觉此人越发捉摸不透，在自己与冯卿安传出此等丑闻之际，突然当众求娶冯卿安，他一旦严词拒绝，更是坐实了传闻。可一旦答应，显然是亲手将盛燕国送给他当作靠山。

是以，只能让冯卿安亲口出面拒绝。

他笑笑，缓声道："世子，真是可惜了，看样子本王的妹妹并无此意。"他招手唤来自己的贴身大太监，"不如这样，本王宫中尚有许多年轻貌美的妃嫔，与其让她们在宫中凋零，不如赠予世子，世子挑一挑，若有中意的，带走便是。"

许故深垂眸轻笑，下一刻，他抬眼望向身侧面容沉静的冯卿安，一字一顿地回复："故深心中只有公主一人，如若有缘无分，那故深宁可终身不娶。”

冯卿安一滞，心跳陡然加速，她不敢猜测他这话究竟几分真，几分假，抑或是，全真全假。

“故深只求公主身体安康，万事无忧。”

闻言，冯执涯眼神一寒，笑容冷了冷。半晌他才沉沉开口：“世子一腔深情，让本王很是感动，只可惜……”

“哥哥！”

冯卿安忽然开口打断了冯执涯的话，她脸颊绯红，低头自袖中拿出一块小小的玉佩来。

望着她这一动作，冯执涯眼眸一眯。

冯卿安温柔地摩挲着那块玉佩，轻声道：“卿安不想欺瞒哥哥，也不想欺瞒自己的内心，实际上……卿安也仰慕世子很久了。这块玉佩就是南巡之时，卿安偶然间捡到并私藏的，正是……世子的贴身之物。”

身旁有太监将这块小小的玉佩呈上去给冯执涯端详，冯执涯捏着这块玉佩，目光森然，几乎要将其捏碎，他心底越发恼怒，却发作不得。

一直安静地坐在一侧的冯襄眼尖，很快看清了那玉佩上的纹路，喃喃道：“怪不得，怪不得，我就说这玉佩怎么说不见就不见了。之前见故深宝贝得不得了，日日挂在身侧，原来是在公主这儿啊……”

"我与世子情投意合，还望哥哥替妹妹做主。"冯卿安叩首道。

跪于她身侧的许故深偏头看了她一眼，嘴角向上微微弯起似笑非笑，眼眸深邃如海。下一瞬，他也随之恭敬叩首。

"还望王上做主。"他道。

端坐高台的冯执涯沉沉望着他们，半晌都没有说话，似在权衡。他何尝不知道，这是最好的洗清他与冯卿安之间存在私情的法子。

一旁的祝将军沉吟半晌，说道："既然世子与公主情投意合，那真是再好不过了。"

冯卿安感激地看了祝将军一眼。

冯执涯兀自沉默了很久才面无表情地开口："既然卿安也倾慕世子，那本王自然没有横加阻拦的道理。"

冯卿安露出又羞又喜的微笑："多谢哥哥。"

冯执涯起身，心口骤然一痛，他强自抑制住，拂袖而去。

待人群散尽后，许故深深情款款地扶她站起身："公主。"

冯卿安借力站起来："世子。"

对视的刹那，空气中仿佛火花四溅。

"恭喜世子，又多了一个夺回王位的筹码。"冯卿安淡淡一笑。

许故深闻言怔了一瞬，明白了冯卿安话语中的意思，他笑容加深："公主知道隐情？"

冯卿安答："照卿安看，世子真真是这个世上最会审时度势之人，只是求娶一个名声不好的公主，世子就不怕这步棋错吗？"

"错不了，因为故深知道，公主的心愿是什么。"他语气很轻，却又不容置喙，"离开这里。"

冯卿安心头一震。

许故深轻笑着摇摇头："只可惜，公主猜错了一点。"

"哦？猜错了什么？"

"故深一向从心。"

"从心？"

许故深微微俯身，靠近她耳畔，低喃道："对，并非为了所谓的王位，如若没有动心，怎么也不会选择走这一步，你可相信？"

冯卿安有一瞬的慌张，她眼神微微闪烁，侧身避了避。

她信吗？她不敢信。

许故深笑了，好似看穿她的窘迫，站直身子轻叹道"只希望，公主也是从心之人。"

夜色渐深，两人在各自随从的簇拥下分道扬镳，月光将他们的影子拉得很长，很长。

三个月的时间，说长不长，说短也不短。

　　当冯卿安穿着一袭大红色嫁衣坐在许故深府邸的房间内时，她犹自不敢相信，自己居然真的嫁给了许故深。她明明是恨他的，明明是怨他的，可与她纠缠最深的人，偏偏也是他。现在，怕是要与他纠缠一辈子了。

　　白日里那场盛大的婚礼好似是一场梦境。冯执涯果然说到做到，应允了之前的承诺，送她十里红妆，让她风风光光出嫁。

　　她早已没有了父母，只需向冯执涯叩拜即可，冯执涯很是冷淡，甚至懒得掩饰自己的情绪。也是，自己一直以来都是他玩弄于掌心任由他摆布的所有物，从今日起，却要嫁作他人妇。

　　不知为何，明知道此次成婚是不得已而为，是一场政治婚姻，嫁娶双方都各有目的，冯卿安的手心却还是不由自主地开始微微冒汗。

　　她心底有些不可言说的小雀跃，总觉得，比起一个人孤老而终，嫁给他好像也不算太差。

　　不知等了多久，等到她身子开始微微发麻，门口终于传来轻微的吱嘎一声。

　　伴随着轻柔的晚风，一个身影缓缓朝她走近。周遭很安静，不比白天锣鼓喧天的嘈杂，此刻，他的一举一动都很清晰地落入她耳里。他脚步声听起来很稳，每一步都走得很笃定，像是每一步都踩在了她的心尖上。

　　让她忍不住……怦然心动。

喜欢上一个人要多久？爱上一个人要多久？由恨生爱又要多久？

或者说，她本就是因爱而恨，恨到极致也爱到极致，爱恨纠缠，早已分不清了。

她无法忘怀那些恨，也无法割舍那些爱。

索性，纠葛一生，用余下的时光来偿还。

他终于一步一步靠近她，冯卿安一垂眼就能透过层层叠叠大红盖头的缝隙看到他精致的绣着暗纹的靴子。

她能清楚地闻到他身上的酒味，恍惚间，她觉得此刻他身上的酒味比起那日在别苑竹林里闻到的他身上的酒味，要浓烈许多。按理说，他不该如此放松，不该放纵自己饮这么多酒的。

再然后，她很清楚地听到他愉悦的低笑声，她听到他轻声呢喃她的名字。

"卿卿。"

他，也如她一样开心吗？

他并没有说话，也没有立即掀开红盖头，而是一直认真地端详着她，也不知他究竟在看什么，在想什么。在冯卿安越发坐立不安时，几乎想要自己掀开这扰人心烦的盖头，好顺畅地呼吸一下新鲜空气时，他终于有了动作。

他半跪下身子，手掌捧着她的脸颊。冯卿安一愣，有些不明白他要做什么。

但下一瞬，他俯首靠近她，精准地找到了她的唇，隔着这绣着鸳鸯和喜字，象征着终身幸福的红盖头，很轻柔地印下了一个吻。

他终于起身，拿起放置在一旁的秤杆。

在那秤杆将将要碰到冯卿安头上所覆喜帕时，门被人粗鲁地推开。

许故深长眉一皱，正欲出言训斥之际，那人喘着粗气单膝跪地。

"世子！不好了，淮照王病危，召您即刻启程返回淮照国。"

许故深一僵。

不知过了多久，他重新将那秤杆放下，毫无情绪地沉声应道"好，我知道了。"

冯卿安透过盖头下的缝隙，看着他顿了顿，步伐很快地走了出去。

这一刻，冯卿安遍体生寒，他就这样不发一言走了吗？她终究还是不甘心，这是他们的新婚之夜，却片刻不得安宁。

她果断地掀开喜帕径直追了过去。

不，不该是这样，他不该就这样离开，而她也不该就这样不明不白地放任他离开。

然而，她的脚步在踏出门口的那一瞬生生一顿。

许故深在内院里负手而立，他并未立即离开。听到门口传来动静，他缓缓转身，眼眸深深凝在门口的冯卿安身上。

她果然很美，一袭大红色喜服，眉眼如画，和他想象的一模一样。

他弯唇无奈笑道："出来做什么？外头冷。"

他上前动作自然地将她搂在怀里，将她整个包裹在自己的大氅之中。

冯卿安置若罔闻，抬眸仔细审视着他的表情，不错过一丝一毫变化。

"你要回淮照国了吗？"她径直问道。

许故深点头："嗯。"

"嗯。"她忽然忘了自己想要问什么。

许故深意味深长地叹了一声，挑了挑眉，散漫的语气听起来有些委屈："事到如今，你还不肯唤我一声夫君吗？"

见他还有心思开玩笑，冯卿安抿紧嘴唇，没有理他。

许故深笑了笑，很快这笑容渐渐敛去，他漆黑的眼定定望着她，嗓音清缓道："卿卿，你可愿，随我去淮照国？"

冯卿安愣了愣神，她张了张口，下意识想回一个"好"字，却怎么也说不出口。盛燕国、盛燕王宫还有许多事情牵绊着她，她还有许多事情未完成，她不能走。

见她沉默不语，许故深扬了扬唇，自嘲一笑，他别开眼道：
"原本，我想在羽翼丰满后再迎娶你，可终究计划赶不上变化。"

冯卿安一滞。

许故深望着她轻轻一笑："或许，你可愿等我？"

"我……"冯卿安说不出口。

许故深蓦地一笑，注视着她的眼底流淌着她从未见过的怜
惜："也是，你千辛万苦才走到如今，又怎会愿意舍弃现在的
一切，去遥远的淮照国呢，是我奢望太多。"

冯卿安眉头一蹙，想要反驳他。她对付冯执涯，一步一步
向上爬本就是为了自保，如若……如若他真心待她，那她也不
是不能割舍……

却听他继续道"以后我不在，记得保护好自己，不要再坠马，
不要再忘了随身带药，不要再与我四哥为伍，还有那个叫叶眠的，
你也提防着点。"

他眼眸微微眯起，思忖道："他这样的人，利益至上，说
不定什么时候就会将你舍弃。"

冯卿安惊诧，想了想却又觉得，任何事情他知道都是理所
当然的。

"你知道？"

"嗯。"许故深笑了笑，将她搂得更紧了些，将下巴置于
她头顶，"你的母妃是叶湘，而盛燕王冯执涯与你的母亲有私
情，仔细查查，便能查到叶眠身上来。你在短短时间内便能做

这么多事，散布真真假假的谣言，利用盛燕王的怪病占据主导，在朝堂之上初露锋芒等等……绝不可能是凭一己之力完成的，定是有外人相助。如若我没猜错的话，盛燕王那病，找尽了名医都无法医治。盛燕王吃穿用度皆谨慎，此病并非外物中毒，恐怕……就是你们的人动的手脚吧？"

冯卿安坦诚地承认："没错。"

许故深笑了，他伸手亲昵地刮了一下冯卿安的鼻子，慢悠悠道："我就知道，我们是同类人，最般配不过。"

"殿下，那祝清蝉此刻在门外等您，她声称要随您一同去淮照国。"再度有声音不合时宜地打断了此刻的温情。

许故深神情冷却下来，淡淡应道："知道了。"

他松开冯卿安，推着她往里头走，温声道："你早些休息吧。"

冯卿安顿了顿，还是忍不住问："你……还会回来吗？"

许故深一滞。

身后不远处等候之人有些焦急了，淮照王急召刻不容缓，更何况，他们还要连夜入一趟盛燕王宫向盛燕王请求放行。

"殿下！该走了！"

许故深置若罔闻，默了片刻才玩味地笑道："舍不得我？"

"对啊，"冯卿安承认，"怕变成寡妇。"

许故深轻叹一声，道："放心，我不会让你变成寡妇的……"

冯卿安刚刚松口气,却听到了他说的下半句:"如若我死了,你改嫁便是。"

雪又开始下,轻飘飘的雪花落满肩头。

看着许故深披上漆黑的软甲,冯卿安笑笑,嗓音温软地叮嘱"夫君,早些回来。"

许故深手指一抖,险些被手中森冷的兵刃划伤,他倏地抬眼望着冯卿安,眼底罕见的没有笑意。

"好。"他低声郑重答道,两个简单的字恍若千斤重。

望着他和一群人头也不回地离去,冯卿安在寒风中打了个寒噤。

这才想起,先前忘了对他说的话是什么。

她忘了告诉他。

她呀,不知从何时起,早就将她的一颗心尽数给了他。

永黎十五年,冬。

盛燕国公主冯卿安与淮照国世子许故深成婚的那一夜。

淮照王病危,急召许故深返回淮照国。

一别,就是三年。

许故深离开的这三年里,一直有消息从遥远的淮照国传来——

"公主,淮照国四殿下在淮照王都宁旸阻拦世子的人马,不许世子入宫。"

……

"公主，世子与四殿下的人兵戎相见，世子现在生死未卜！"

……

"公主，世子查出淮照王之所以病危，是四殿下从中作梗。病重的淮照王震怒，贬四殿下为庶民。"

……

"公主，淮照王驾崩，世子他，继位了。"

……

闻言，冯卿安投喂鱼食的动作一顿，她良久没有说话，不知悲喜。

终章

◆ 所以，我来了

永黎十八年，深冬。

大雪纷飞，这个冬天比往些年要冷上许多。

冯卿安坐着冯执涯为她准备的马车往盛燕王宫赶，一路畅通无阻。这三年来，冯执涯多次邀冯卿安入宫去住，毕竟她的思卿殿还是比许故深小小的府邸要舒服许多。可冯卿安却婉拒了，她最大的心愿便是离开冯执涯、离开思卿殿、离开盛燕王宫，又怎会回去？

再则，这里是许故深曾住过十年的地方，只有待在这里，她才能安然入睡；只有待在这里，她才能一遍一遍地告诉自己，许故深会信守承诺。

在这三年间，淮照国夺嫡争斗不休，盛燕国也很是不安宁，而濮丘国趁其疲软，偷偷将那月牙古城占为己有，冯执涯虽然知晓，却没有精力再夺回来。

虽然自冯卿安嫁给许故深后，关于冯执涯与冯卿安有私情的言论渐渐消去了。可关于冯执涯与其母叶湘的不伦之情却越演越烈，甚至还有人说，冯执涯的寝殿之所以从不许妃嫔留宿，正是因为里头挂满了叶湘的画像。

就在这时，沉寂了很久的钱嬷嬷不知为何，突然神志清醒过来，她揭露当年渠水事变的真相，说是冯执涯亲手杀害了淮照国太子许栖，其中种种缘由，正是因为叶湘。

她披露真相的那夜，被冯执涯毫不留情地处决了。他留她性命，本就是为了一个所谓的顾念旧情好名声罢了。既然钱嬷嬷已经对他不利，自然再没有留下的价值。

她虽死了，真相却扩散出来。事情传到淮照国，新淮照王许故深只淡淡说了一句："大哥心善，当年被害何其无辜。"

他的原话究竟是不是这样，已无从证实。总之，这句话传回盛燕国，一石激起千层浪。

冯执涯大怒，却再也没有能力控制许故深。是他一步步扶持着许故深崛起，再放虎归山的。只是，他本想让许故深当他的傀儡，替他打理淮照国，可不料，这傀儡却挣脱了线，活了过来。

这三年间，冯执涯的听力渐渐丧失，眼睛也渐渐看不太清楚，手再也握不住笔，每走一步都需要人搀扶。不得已，朝政之事一点点交到了冯卿安的手上，冯卿安理政初期，尚有臣子言之凿凿让她退下，可在祝将军以及慢慢崛起的叶眠等人明里暗里的支持下，这些声音渐渐消失了。

有义愤填膺之辈暗暗说，冯执涯现在落得如此地步，这都是报应。

是不是报应，冯卿安不敢说，但随着她羽翼的渐渐丰满，冯执涯身体的衰弱再加上外界的质疑声讨，他再也无法掣肘她分毫。

现在，是时候了。

下马车时，不知是谁家的孩童在大白天放烟花，远远的，星星点点的光芒在空中转瞬即逝。冯卿安抬眸怔怔看了一会儿，轻喃了一句："要变天了。"

她身旁伺候的小太监没听清："公主说什么？"

"没什么，"冯卿安淡淡道，"进去吧。"

身边太监换来换去，却始终没一个有还陵那般贴心。

步入熟悉的思卿殿时，冯卿安下意识地打了个寒噤，只觉森冷可怕，无数过往在她脑海里一一掠过。但她很快又释然，这里早已物是人非了。

　　她拢了拢身上大氅，朝后花园走去，刚刚绕过一片郁郁葱葱的常青树，便看到了冯执涯的身影。他独自一人坐在被层层枝木掩盖住的凉亭里，远远看去，和平常并无两样。

　　"哥哥真是好兴致，怎么突然邀卿安来这里？"

　　冯执涯没有任何反应，于是冯卿安扬高语调重复了一遍。冯执涯朝她的方向看来，他搁下手中茶盏，笑道："这里是你住得最久的地方，也是哥哥与你回忆最多的地方。"

　　他面容憔悴了许多，眼神却越发阴鸷，像是蒙了一层纱似的，看起来让人不寒而栗。

　　冯卿安坐到他身边，屏退了跟在身后的太监婢女，这才温声道："对了，马上又到哥哥的生辰了，哥哥想要什么礼物？"

　　冯执涯定定望着她，慢慢道："除了四年前亲手缝制了一件衣服后，卿安便再也没送过哥哥这么贴心的礼物了。"

　　冯卿安眼波流转，拾起石桌上搁置的葡萄，放入嘴里，她笑道："哥哥可有时常穿那件长衫？"

　　"自然。"冯执涯说，"卿安送的礼物，哥哥自然珍之重之。"

　　冯卿安笑得越发乖巧，脸颊上漾出两个可爱的小梨窝来"那便好，不然就辜负卿安一番心思了。"

　　冯执涯何其敏锐，微微抬眉："哦？什么心思？"

　　冯卿安做无辜状："当然是……下蛊的心思呀。"

　　冯执涯脸色一变，一挥衣袖，桌上果盘连同茶盏尽数摔在了地上："你说什么？"

"哥哥这病……哦，又或者说这蛊，是不是让哥哥经常深夜吐血不得安睡？一旦发作起来便头痛得厉害，身体也渐渐乏力？"

冯执涯目光渐寒，死死地盯着这个自己最宠爱也最易掌控的妹妹。

冯卿安言笑晏晏："如此，哥哥可尝到卿安所受的苦楚了？"

"这是流火？！"冯执涯冷冷道，"不，这不是。"

"这当然不是流火，哥哥最熟悉流火，卿安怎么敢给哥哥喂流火呢？再则，哥哥所食的东西要经过数次验毒，旁人压根没有下毒的机会呀……即便有，盛燕国所有的名医都在盛燕王宫里，想解毒不是轻而易举的事情吗？"冯卿安颇有些可惜地看了看散落满地的水果，缓缓笑道，"我刚不是说了吗？这是蛊，慢性蛊，一点一点地……要人命。"

冯执涯猛地伸手狠狠扼住冯卿安的脖子，一寸寸地收紧，他冷冷道："解药在哪里？"

冯卿安一时没防备，被他扼住，渐渐呼吸不得，可她脸上仍然带着笑："解……药？没有解药……"

"没有解药？！"

"或许……哥哥该去问问我的母妃，也……也就是阿湘。"冯卿安说。

冯执涯一愣，手中力道松了松。

冯卿安得空，咳了几声，笑容愈深："母妃是个聪明人，她没你想得那么单纯可欺，她早早就在你身上种下了母蛊，然后叮嘱我要我联系叶家人，也就是母妃的本家。叶家最为擅长的便是蛊，于是，我亲手缝制了那件长衫送给你，一针一线都是我种下的子蛊。哥哥你穿着它时，一旦情绪激动，这蛊便会一点点种进你体内，早期症状和流火一模一样，越到之后，哥哥每一次发怒都会遭到反噬，先是失聪、失明，再是……失声。"

看冯执涯脸色越发阴沉，风雨欲来，她却笑得更厉害："对了，忘了告诉哥哥，哥哥重用的名士叶眠，便是我叶家之人。"

她话语还未落，便被冯执涯掀倒在地。

"贱人！果然和你的母妃一模一样！"他狠狠斥道。可说完这句，他的脸色却骤然变得惨白，他捂住心口，显然疼痛难忍。

冯卿安懒得顾忌擦伤的手臂，兀自慢吞吞站了起来，她慢条斯理地整理了一下发髻和衣服，这才垂眼看着说不出话来的冯执涯道："叶眠原本说，这蛊会潜伏八年之久，可以你多疑多怒的性子，最多不过四年，这蛊就会完全起作用。"

冯执涯瘫倒在地上，老半天才从牙缝里挤出几个字："杀……了……我……"

冯卿安诧异地看着他。

"不，卿安怎会亲手弑兄呢？"她笑了，看起来乖巧温柔，"卿安还想让哥哥亲眼看着卿安，登、上、王、座、呢。"她附耳再度重复，"怎么肯让哥哥就这么不明不白死掉呢？"

又在原地冷眼旁观了片刻，冯卿安才换上一副惊慌失措的样子，大声唤道："来人啊，快来人，哥哥的病又发作了！"

看着一直候在附近的太医赶忙将冯执涯带去殿内休息，冯卿安轻嗤一声，独自一人往殿外走。

她犹自陷入沉思之中，冷不防身旁一个路过的婢女突然狠狠朝她扑过来。寒光一闪，冯卿安下意识往一侧躲了躲，正好避开那刀锋。

伪装成婢女的江微岚手持尖刀再度朝冯卿安扑过来，她咬牙切齿道："冯卿安！你还敢进宫！你害得我们母子俩还不够多吗？王上好不容易取消了对我的禁足，我和麟儿的好日子马上就要来临了，可你却还有脸入宫！怎么，你还想勾引王上不成？！"

冯卿安一皱眉，用手臂一挡，瞬间被划出了一个大口子，血流不止。

"你疯了吗？"她四下打量，大声喊，"来人！快来人！"

"疯了？你才疯了！你这个不知廉耻的女人！"江微岚将冯卿安逼到死角，看准了再度扑过来。

冯卿安再也无法躲开，她眼睁睁地看着那寒光逼近。不知为何，她却突然松了口气，她已经被一身重担压抑了太久太久，如果就这样死了，好像也不错。

只是，可惜没能等到许故深……

她将将闭上眼，却突然被一股力道给推开，耳边传来熟悉又急促的声音："公主小心！"

话音一落，那声音的主人却一声闷哼，倒在了地上。

看清来人后，江微岚愣了愣，半天没反应过来。而在这个时候，终于有侍卫赶到，制住了江微岚。

在被带走之际，江微岚忽而歇斯底里地哭喊起来："哥哥！哥哥，微岚不是有意的！哥哥！"

这一刻，她好似又是濮丘国那个天真单纯的小公主了。

"还……陵？"

冯卿安推开正欲给自己查看伤口的侍卫，小心翼翼地蹲下身子，想碰一碰还陵，却又怕再伤到他。

"公主……"还陵依恋地抓住冯卿安伸过来的手，他勉强地挤出一个虚弱的微笑，"还陵……生是公主的人，死……死是公主的鬼……"

他不肯留在江微岚宫里，自冯卿安出嫁后，他便独自返回了思卿殿，日日在这里打扫。今日听闻冯卿安会返回思卿殿，他内心激动，早早便躲在暗处偷偷看着思念已久的她。

冯卿安眼眶蓦地一红，双手颤颤巍巍捂住还陵的胸口，却怎么也捂不住血液的飞快流淌。

还陵轻轻摇了摇头，脸上的微笑似满足："为公主而死……还陵死而无憾了……"

话音一落，他的手无力地垂落在地。

"还陵……"冯卿安的泪水汹涌而出。

他曾说过无数次"生是她的人，死是她的鬼"，可她却不信。

最终，他用他年轻的生命履行了诺言。

那遥远的烟花再度绽放，爆竹的声音远远传来。

一声又一声，好似在昭示着冯执涯长达十八年的铁血统治落入了尾声。

一声又一声，无比寂寥。

永黎十九年，早春。

冯执涯卧病在床，无法动弹，虽然意识尚在，却成了一个只能呼吸的植物人，完全没有了站在统治阶级顶峰的能力。

在彻底病倒前，冯执涯并未立太子，目前唯一与冯执涯有血缘关系的人便是冯卿安和年幼的冯麟。

于是，在经历了无数次激烈的讨论后，冯卿安顺理成章地继任为盛燕国新一任的君主。

她改国号为"长歌"。

冯执涯的统治生涯不会永远是黎明，而是早已坠入了黑暗，属于她的长歌才刚刚开始。

在听闻她继位后，淮照国和濮丘国都送上了贺礼，只是，新任淮照王说什么冯执涯杀害了淮照国前太子许栖，这笔账，日后还是要跟新任盛燕王好好讨一讨的。

盛燕国朝臣很是惶恐，在他们眼中，新任淮照王并未完全与他们的盛燕王成婚，说到底，是名不正言不顺的夫妻，再则，现在两人同为君王，更是无法成为普通夫妻了。

可冯卿安知晓后，只是轻轻笑了笑，并未放在心上。

长歌一年。

冯卿安上位做的第一件事情，便是将明面上支持她，暗地里却对她动手脚，一心想改朝换代的叶眠革除了官职。

冯执涯虽然心狠手辣一意孤行，残忍杀害了许栖也是他的污点之一，可他建立的许多制度却很是适用于现在的盛燕国，为了一己私欲贸贸然改朝换代只会造成百姓们流离失所苦不堪言。

她无比清楚朝中哪些人是叶眠一党之人，在接下来的日子里，她一点一点将其清理了干净。虽然她如此对待叶眠，可叶家却并未反对，反而是默认了她的行为，毕竟冯卿安当王和叶眠当王，对叶家而言并没有差别。

与此同时，她重用朝中一直头脑清醒且支持她的祝将军等人，以及一直被叶眠所压制，当年与他一同从奕州来到弦京的昌州苏氏名门之后苏怀玉。苏怀玉为人谨慎，时常能一针见血地分析出事情的利弊，很得冯卿安的赏识。

冯卿安不比冯执涯手段铁血狠辣，人人惧之。冯执涯的手段有利于国土的扩张，却并不利于长期的稳固和平，他更适合生于乱世，而非现在关系算得上稳固的三国鼎立的太平之世。

冯卿安与他恰恰相反，她性子温和善解人意，很能听取有利的建议，渐渐地，朝中有能力的老臣们便也接受了她。

只是，恼羞成怒的叶眠不再提供流火的解药，有意思的是，当今世上只有许故深和叶眠能制造出这解药来。

冯卿安无法，在吃完许故深临走前给她留下的解药后，每每深夜毒发，只能自己强行忍耐。

久而久之，她睡眠越发浅，大多数时候都整夜整夜地失眠。只有在偶尔乔装返回许故深的府邸时，才能睡上一个安稳觉。

这夜，她再度来到了许故深的府邸休息，正打算就寝之际，身旁伺候她的小太监走了进来。

"启禀王上，淮照国使臣觐见。"

在听到"淮照国"这三个字时，冯卿安微微一愣，心脏骤然紧缩："淮照国使臣？谁？来做什么？"

那小太监恭恭敬敬地答："听说是淮照王派来送解药的，那使臣还说，淮照王让他带一句话。"

"什么话？"

"淮照王说：'月牙古城我能夺一次，就能夺第二次，我的妻子亦然。'"

冯卿安怔了怔，倏地笑了。

"是吗……"她轻声道，目光柔软地落在一直挂在腰间的玉佩上，"你去回话，就说本王知晓了。"

"可是……那使臣现在还在外头候着。"

冯卿安皱眉："那使臣怎么寻到这儿来了？"

小太监有些为难："奴才也不知晓。"

冯卿安并没有深夜会见他国使臣的习惯，摆摆手："安排他明日去芳华殿觐见。"

"是。"小太监答。

他刚刚推门出去便迎面撞上了一个人，小太监一愣，瞠目结舌道："哎哎，你……你怎么擅自闯进来了？你知不知道，这里是盛燕王的闺房！"

那使臣并未理会喋喋不休的小太监，他找了个舒服的姿势散漫地倚靠在门框上，低笑道："卿卿当了盛燕王就是不一样，居然忍心让我在外头吹这么久的冷风。"

冯卿安惊诧，在看清那使臣熟悉的眉眼和戏谑笑容的那一刹，她几乎不敢相信自己的眼睛，但下一瞬她便快速冷静了下来。她定定瞧着门口的他问："你说的那句话是什么意思？"

他答："你知道的。"

冯卿安摇头："可我怎么知道我猜想的是否就是你想表达的呢？你不说，我怎会知道？"

许故深唇畔弯起似有若无的弧度。

"我的妻子，我能娶一次，就能娶第二次。"

"所以，我来了。"他说。

正文完

◆ 番外一

清蝉

淮照国王都宁旸。

宫内冷冷清清，宫外却是热火朝天，新年将至，街头巷尾
的百姓们忙着庆祝新一年的到来。

一个头戴斗篷的黑衣女子行色匆匆自宁旸的大街小巷穿梭
而过，她轻车熟路地绕过当街吆喝的几个小贩，朝巷子深处走去。

她身后尾随的几人对视一眼，加快脚步追了过去。可不想，
刚刚走入巷子却不见了那女子的身影，正犹疑之际，他们头顶
传来一个带着笑意的声音——

"嘿，你们是在找我吗？"

那几人还没来得及回头，那声音的主人便手持长剑以迅雷

不及掩耳之势刺了过来。

"偷偷摸摸跟踪我做什么？想偷袭？你们家四殿下就是这么教你们的？！"

刀剑之声传入巷子围墙后的宅子里，围墙里的人早已司空见惯，见怪不怪了。只安排几个人在暗处盯着，别让那几个四殿下的人伤了她便是。

住宅深处，听了外头人的禀报，阿连有些无奈，他推开一扇门，一边往里头走一边冲里头喊道："殿下，那祝姑娘又在咱家后门杀人玩了，前前后后不知道是第几批了。四殿下的人为了打探您的消息，还真是不遗余力。"

"嗯。"许故深神情淡漠，并未有过多反应。桌上香炉熏香袅袅，他此刻身披大氅，眉头微微蹙着，正在书桌前写些什么，"随她吧。"

见自家殿下又在处理公务，阿连自言自语埋怨了一句："这祝姑娘也真是……明明您都拒绝她了，非要偷偷跟着您来淮照国。这下好了，咱们本就忙得焦头烂额的，还得分神来照顾她。"

"忙得焦头烂额？"许故深似笑非笑地抬抬眼，低咳了一声，嘴唇又白了几分，"我怎么看你清闲得紧？"

阿连不好意思地咧嘴笑，这才想起正经事来："殿下，王上的人都来这里传唤您好几次了，您真不打算入宫觐见？"

许故深弯了弯嘴角，神情却冷了冷："这不是病重在身，卧床不起，有心无力吗？"

阿连撇撇嘴："那四殿下也没伤到您要害，倒是您借机上书到王上那里，重挫了四殿下一把。"

见许故深眼神有些危险，阿连赶忙改口："哎呀，属下的意思是，怕消息传到盛燕国，公主知晓了会担心您。"

许故深手中动作一顿，他搁了笔，低声笑着道："她会吗？"

许故深何尝不清楚，淮照王突然召他回淮照国，无非是用他牵制他野心勃勃的四哥罢了。淮照王厌倦了他四哥，怕他四哥对自己不利，于是在他面前表现出一副慈爱的样子，妄想要他顾念昔日的父子之情来。如若他表现得顺从好拿捏，对淮照王感激涕零，那么太子之位便会顺理成章地给他。

所以，依目前的形势来看，淮照王自然会在两子相争中保他，对四哥发难。

许故深抖了抖桌上的宣纸，招呼阿连上前来："瞧瞧，像不像？"

阿连瞪圆了眼睛，他自然看出了那宣纸上画的人是卿安公主。只是，看这画的精细程度，恐怕不是短时间能完成的。想了想，他这才忆起，去年今日便是殿下与公主的成婚之日。

"要不，"阿连踌躇了一下，"属下差人将这画送去给公主殿下……聊表思念？促进促进感情？"

"不用。"许故深搁下宣纸，垂下眼睫，目光依旧凝视在那宣纸上，"卿卿现在正在紧要关头，不宜打搅她。"

"您这才刚来淮照国不久，就不怕公主变心？"

许故深笑了，笃定道："她不会。"

阿连不死心，继续问道："那……您就不担心，您此番回了淮照国，无法再保护她了，她会被盛燕国那群人啃得骨头都不剩？"

自南巡结束后，自家殿下便一直安排人在暗地里替冯卿安清理过不少对她不利的人马，包括朝堂上对她颇有微词的大臣和四殿下派来的刺客等等。而叶眠的存在，自家殿下也早已查了个清楚，本想将他铲除掉，却因为冯卿安突然选择与其合作，放弃了这一念头。每一件都是风险极大的事，如若被盛燕王知晓了，只怕会耽误了他们筹谋已久的大事。

阿连知道，殿下此生唯一后悔的事情便是将好不容易开始信任他的卿安公主亲手送到了盛燕王身边。可即便后悔又能如何呢，他不得不如此。

只是，殿下自己不说，他便也不好主动去说这些事情。

公主怕是永远不会知道，自家殿下隐藏了许久的心思。

许故深愣怔了一瞬，他眉头渐渐松开，扶着桌子缓缓站起身，淡笑道："她能照顾好自己，也有自己的人手，无须我担心。如若我过于插手，反而是不信任她。"

"你们真是……脾气一个比一个怪。"

话音刚落，门便被推开。

祝清蝉擦了把脸上的血，平复了下呼吸，冲许故深伸出四根手指头，她眼眸发亮："故深哥！四个！我又帮你解决了四个刺客，还不感谢我？"

"祝姑娘，那几个人好像就是被你引来的吧……"阿连说。他早就对祝清蝉不满了，虽然他也不太喜欢冯卿安，但至少冯卿安是自家殿下喜欢的人，还与自家殿下成了婚，那他理所当然要维护冯卿安，不能让别的女人钻了空子去。

祝清蝉眉头一挑，轻哼一声。

"清蝉，"许故深朝她微微一笑，"多谢你。"

祝清蝉一愣，显然没想到许故深会是这个反应，她料准了许故深又会是不咸不淡的态度。

她脸红了红，却还是倔强道："谢我可不是一句空话这么简单，这样，你把你对付四殿下的计划告诉我，让我助你一臂之力，可好？"

阿连怒了，正打算反驳，却见许故深眼睛也不眨地应道："好。"

祝清蝉面上一喜，上前几步道："那说好了啊，不许诓我，你也知道我带兵的能力还是很不错的……"

她余光扫到桌上那幅墨迹未干的画，画中再熟悉不过的眉眼让她心中一颤，她的笑容险些挂不住，她怔了怔，这才继续道："你这一年来不知道骗过我多少回了，就知道赶我走，我跟你讲！在看着你继承王位之前，我是不会走的！"

见许故深平静地看着她，祝清蝉有些口干舌燥，顺手拿起他桌前没有动过的茶，将其一饮而尽。

"还有啊，你千万别误会了，我才不是因为喜欢你才留在这里的，我是为了……为了在不依靠父亲的情况下名扬天下才留在这儿的。若是在我的协助下，你成功当上了淮照王，那我岂不是很有面子？日后回了盛燕国定可以当上女将军……好了好了不说了，"祝清蝉摆摆手，不再看许故深的反应，径直朝外走，"我还有事呢。"

"对了，"临出门前，祝清蝉脚步停了停，她赌气扭头笑道，"忘了告诉你，是三殿下，你的三哥约了我呢。"

许故深的三哥为人谦逊性子温和，各方面都很是优秀，只可惜是个瞎子，对任何人都没有威胁。他一直游离于权力旋涡之外，对王位之争看得很淡，此次许故深返回淮照国，他倒是出乎意料地出手帮他做了不少事情，他们现在所居住的宅子也是三殿下名下的。

祝清蝉刚一踏出门口，便听到阿连急切地问："您为什么答应她啊？"

祝清蝉加快了脚步，匆匆离开了这里，不想听许故深的回答。

房内沉寂了许久，许故深才淡淡道："为了让她解脱。"

直至走出许故深的书房很远，祝清蝉脸上僵了许久的笑才渐渐消散。

她伸手抹了一把脸，无所谓地扯了扯嘴角。

转眼，她已经在淮照国宁旸待了整整一年了。

她不是不知道许故深已经与卿安公主成婚了，却还是在偷听了父亲的属下传给父亲的密令后，不管不顾地追随着他的脚步来了淮照国。她从小到大一直肆意妄为，想干什么就干什么，征战杀敌也不是没有过。父亲很宠她，只要不犯什么大错，便一直随着她的性子来，唯独，在她喜欢许故深这件事上，父亲很是反对。

她其实心底里清楚父亲反对的原因，许故深是一个无权无势被淮照国舍弃的世子，无法妥帖地照顾她一生一世，父亲希望她找一个良人，过上安稳的日子。

可她却不这么想，只要许故深也如她喜欢他一般喜欢她，颠沛流离又能如何？

她不在乎。

只可惜，许故深心中所爱之人不是这么多年来一直陪在他身边的她，而是那个性子古怪的卿安公主。

她对冯卿安的感觉很是微妙，一方面她很感激冯卿安当年帮助过她；另一方面她却很嫉妒冯卿安，嫉妒冯卿安可以拥有许故深本就不多的温情。可即便她再嫉妒也毫无用处，她所有的奢望终究不会成真。这一年来，她反倒看清了，即便许故深不再待在冯卿安身边，也依然不会放下对冯卿安的思念。

而她那该死的情绪只会让她更清楚地看到自己有多讨人厌。

祝清蝉苦笑。

也罢，既然……既然此生无法和他在一起，那就助他登顶，助他得偿所愿吧。

即便是死了，也死而无憾了。

正胡思乱想之际，一件暖和的大氅盖住了她单薄的身子。

祝清蝉一惊，暗恼自己太大意，居然让人近了身，她反手抓住那人的胳膊旋身而出，斥责的话还未来得及出口，她便看清了身后那人清俊含笑的脸和稍显空洞却很温柔的眼睛。

"阿蝉。"那人对她微微笑，朝着她的方向笃定地唤道。

◆ 番外二

星摇

吴晋国王都故安的一家赌馆内，人头攒动，好不热闹。

一个身材瘦小的小太监时不时焦急地瞄一眼门外，时不时担忧地望一眼身旁的主子，比围观的百姓还要紧张几分。

"来来来，买定离手……小姑娘你买大还是买小？"粗嗓门的男子不怀好意地给周围几人使了个眼色，见对面这个小姑娘衣着华贵，最是适合狠狠敲上一笔。

"我压小！"被称作小姑娘的许星摇模样娇俏甜美，虽扮作男子打扮，却叫人一眼就能看出其女子身份来，虽然接连几局都是输，她兴致越发高涨。

"好嘞……哎哟是大，小姑娘你输了，钱拿来吧。"

　　许星摇有些气恼，她朝身后一伸手，阔气道："小海子，快拿钱来。"

　　被叫小海子的小太监有些为难，小声耳语道："公主，算了，别玩了，咱们回去吧，再不回去该被王上和娘娘发现了。"

　　他们此番是假借与许星摇交好的濮丘国公主的名义偷偷溜出宫的，这不，濮丘国公主人还没见着，她便被赌馆给吸引了。

　　许星摇面上仍强作镇定，她小心翼翼瞄了眼对面粗嗓门男子，见他没注意自己，赶紧小声道："不是，这局输了我总得给钱啊，我答应你，再玩最后一盘就不玩了。"

　　"可是公主……钱都花光了……"

　　"……"

　　对面那粗嗓门男子见许星摇迟迟不给钱，怀疑地上下打量她："小姑娘，你不是要赖账吧？"

　　许星摇强笑着摆摆手："不是不是，大哥不如这样，我这儿有一块上好的玉佩，暂时抵押给你，等我回了……回了家，再差人拿钱把它赎回来。"

　　那粗嗓门男子将骰子重重往桌上一砸，眉毛扬起来，狠狠道："不给钱是不是？"

　　许星摇有些慌，赶忙摇头："没没没……我不是这个意思。"

　　"我们赌馆白纸黑字写得清清楚楚，只收银票，谁知道你那玉佩是真是假啊？看你一身华贵还以为你是个阔家子弟，没钱就别来这种地方！丢人现眼！"那粗嗓门男子鄙夷道。

被这几句骂一刺激，许星摇有些反应不过来，她是吴晋国唯一的小公主，从小到大何曾遭受过这种对待。她慢慢低下头，强忍着心底的委屈，闷闷应了一声："抱歉……"

"小海子，你速速回……一趟，我在这里等……"

剩下的话语还未说完，她身后便响起一个清朗熟悉的男声——

"欠了多少？"

许星摇一愣，怔怔转过头去，却见那个一直待人温润如玉的濮丘国小王爷江盏正冷着脸立在她身后。

那粗嗓门男子见来了帮手，不再强逼，他接过江盏丢过来的一袋沉甸甸的金子，喜笑颜开起来。

注意到许星摇的视线，江盏垂眼看她一眼，无奈地叹了一声，领着她往外走。

"你呀，一出来就闯祸，下次谁还敢放你出来？"

小海子如临大赦，松口气小声道："王爷您总算来了……"

闻言许星摇回过神来，她瞪了小海子一眼，不用问也知道，定是小海子怕自己出意外，早早与江盏取得了联系。

她真不明白，江盏无非就是长得好看了一点，吴晋、濮丘两国近几十年来交好，江盏身为濮丘国王爷来吴晋国来得频繁了些，所以她从小就与江盏认识，关系不好也不坏。可包括小海子、她的父王母后在内的所有人都喜欢他。

真是胳膊肘往外拐。

"小海子啊小海子，你再背着本公主去勾搭外人，休怪本公主无情！"她气哼哼地瞟了瞟江盏，刻意加重了"外人"二字。

江盏笑了笑，并未生气。

小海子苦着脸，声音越说越小："奴才没有啊……真是冤枉，再说了，王上有意将您许配给小王爷的呀……"

话还未听完，许星摇的视线便被外头的动静吸引，她撇开江盏，兴冲冲跑了过去围观。

只见人群中央的小贩唾沫横飞："谁人不知谁人不晓，吴晋国两位开国之主，也就是前淮照王许故深与前盛燕王冯卿安伉俪情深，而这幅画就是出自许故深之手，所画之人正是冯卿安……"

当年，许故深与冯卿安各自为王后不久，两人选择将盛燕、淮照两国合二为一，也就是现如今的吴晋国。他们两人一同携手执政，共创了新的盛世。

许星摇的视线顺势落在了那幅陈旧的画上，经过了这么多年，这画依旧栩栩如生。画中女子眉眼精致，眼神温柔，嘴角边噙着浅笑，当真是倾城绝色，一笔一画都勾勒出了画者的心思。

"据说，这画是许故深还未继承淮照国王位时所绘，经过几番变故，这画辗转落入了我父辈手中，连冯卿安都未曾见过这幅画……"

"这画我要了。"许星摇说道。她一眼就瞧出了真假，这的确是爷爷的丹青。

周遭众人皆一默，小贩有些震惊："我还未曾报价……"

"不论多少，这画我要了。"许星摇再度重复。

小贩一合手掌，笑歪了嘴："姑娘真是识货！"

话说完，见小海子脸色不对，许星摇这才反应过来，自己已经身无分文了。

她干咳一声，脸上堆起笑望向一直被她忽视的江盏："那什么……好江盏，可以再帮我付一次钱吗？我保证，一回去就还你！"

……

见许星摇喜滋滋地抱着那幅画不肯撒手，江盏淡淡道："开国吴晋王，也就是你爷爷的丹青，吴晋王宫里有的是，你何须买这幅？"

许星摇撇撇嘴："虽然爷爷为奶奶画的画宫里到处都是，可这幅却不同，照那小贩所言，爷爷绘这幅画时，刚刚与奶奶成婚不久，刚一成婚他便被急召回了淮照国，手中事务繁多，一刻都没有清闲过。他所有的思念无法对奶奶言说，只能寄托在这幅画里。我呀，就想找一个像我爷爷许故深那样，郎艳独绝，世无其二的男子，一生一世只爱我的奶奶冯卿安一个，对她好得不得了。"

许星摇憧憬道："虽然奶奶身体不好，只与爷爷一同生活了十多年便辞世了，可爷爷却一直思念着她，打理好他们共同建立的吴晋国，直至寿终正寝。"

"郎艳独绝，世无其二？"

许星摇眼睛一亮："嗯哼，可不是。"

江盏笑了笑，指了指自己："我不够郎艳独绝，世无其二吗？"

许星摇一愣，轻哼一声："算了吧，虽然你的确长得不错，可我从小看到大，早就看厌了。"

江盏一静。

许星摇兴冲冲地招呼着小海子道："走走走，咱们去故安最大的酒楼里坐一坐。"

"啊？公主，咱们还不回去呀？"

"回去？回宫了怎么有机会遇到像爷爷那样的男子啊？你忘了，爷爷和奶奶就是在狩猎赛的小树林里定情的，才不是在宫里。"

"可是咱们没钱呀……"

"哎呀，坐一坐又不要花钱！"

……

见许星摇再一次无视了自己，江盏在原地站了站，他再度若有所思地低喃了句："看厌了吗？"

他勾了勾嘴角，叮嘱身旁的侍卫道："找人把那惹得公主受委屈的赌馆拆了。"

"啊？"那侍卫愁眉苦脸，"王爷……您有气也不能撒到赌馆身上啊，那可是咱们濮丘王安插在故安的产业啊……"

见江盏不再理会自己，径直随着许星摇的脚步而去，那侍卫无可奈何，只好老老实实地去执行任务了。

番外完

图书在版编目（ＣＩＰ）数据

大梦长歌 / 糯米糍著. -- 贵阳：贵州人民出版社，
2017.10（2020.1重印）
ISBN 978-7-221-14393-8

Ⅰ.①大… Ⅱ.①糯… Ⅲ.①言情小说－中国－当
代 Ⅳ.①I247.5

中国版本图书馆CIP数据核字(2017)第254624号

大梦长歌

糯米糍 / 著

出版统筹：陈继光
选题策划：大鱼文化
责任编辑：潘　媛
特约编辑：欧雅婷
封面设计：刘　艳
封面绘制：山人辰露
出版发行：贵州人民出版社（贵阳市观山湖区会展东路SOHO办公区A座
　　　　　505081）
印　　刷：三河市华东印刷有限公司
开　　本：880×1230毫米 1/32
字　　数：167千字
印　　张：9.125
版　　次：2017年12月第1版
印　　次：2017年12月第1次印刷
　　　　　2020年1月第2次印刷
书　　号：ISBN 978-7-221-14393-8
定　　价：39.80元